邓一光南方短小说
Deng Yiguang's
Southern Short Fictions

V

抱抱那些爱你的人

Embrace the Ones Who Cherish You

邓一光 著

SPM 南方传媒 花城出版社
中国·广州

图书在版编目（CIP）数据

抱抱那些爱你的人 / 邓一光著. -- 广州：花城出版社, 2025.6. --（邓一光南方短小说）. -- ISBN 978-7-5749-0514-6

I. I247.7

中国国家版本馆CIP数据核字第2025C4Q106号

抱抱那些爱你的人
BAOBAO NAXIE AI NI DE REN

邓一光/著

出版人	张懿
责任编辑	林菁　杨柳青　李卉
技术编辑	凌春梅
装帧设计	韩湛宁+亚洲铜设计
肖像摄影	吴忠平
封面摄影	韩子墨
出版发行	花城出版社
经　销	全国新华书店
印　刷	深圳市福圣印刷有限公司
开　本	787毫米×1092毫米　32开
印　张	8.875
字　数	162,000字
版　次	2025年6月第1版　2025年6月第1次印刷
定　价	398.00元（全7册）

版权所有·侵权必究。如发现印装质量问题，请与出版社联系。
联系电话：020-37604658　37602954

I
第一爆

II
我们叫作家乡的地方

III
香蜜湖漏了

IV
你可以让百合生长

V
抱抱那些爱你的人

VI
带你们去看灯光秀

VII
我在红树林想到的事情

V

抱抱那些爱你的人

Embrace the Ones Who Cherish You

目录
contents

在龙华跳舞的两个原则
001

抱抱那些爱你的人
027

一直走到莲花山
049

如何走进欢乐谷
069

与世界之窗的距离
123

别把爱你的人送去香港
147

家乡菜,或者王子厨房的老鼠
175

你可以做无数道小菜,也可以只做一道大菜
201

风很大
225

薯莨的秘密你可能知道
247

在龙华跳舞的两个原则

FC下班的时候，三色工衣大军潮水般拥出厂门，气势汹汹向环形过街天桥拥来。他精神为之一振。

这是他一天当中最好的时刻。

他靠在桥上。这样视野很好。环城二路和油松路在他脚下分道扬镳。有时候他有一种幻觉，如果把两只脚分开，分得很开，要是没有留意，同时也没有定力，说不定人会从当中分开，各自跟着环城二路和油松路去很远的地方。他拿不准这个，所以一般情况下他比较注意，采取双脚环绕靠在天桥护栏上的站姿。

轰隆隆的雷鸣声由远而近。他眯缝着眼睛，看潮水般向他漫过来的三色工衣大军。他主要看红色工衣。有时候他会扫一眼蓝色或白色，如果哪个蓝色姑娘的腿比较长，或者白色小伙的个子比较高一点，然后快速收回视线。大多数时候，他看红色的 Polo 衫。

其实他根本看不见她。数万名红色 Polo，加上数万名蓝色 Polo，再加上数万名白色 Polo，他们几乎在同一时刻拥出厂门，一部分沿环城二路两端散去，一部分跨上过街天桥。纷乱的脚步声轰然作响，气温立刻上升了好几度。每一次，他的眼睛都会被色彩夸饰的三色工衣刺激得受不了，人被反复淹没在三色工衣的潮水中，因为窒息，咽喉隐隐作痛。

他像一块不起眼却执拗的礁石，每一次都站在同样的地方。他两只脚环绕着，一只胳膊从扶手上绕下去，抓住冰冷的栅栏,这样就不会被冲离原地。

和往常一样,这一次也是她先看见他。她挤出人群朝他跑来,脸上带着虚荣满足后的潮红。姐妹们哄笑。她转身冲她们扮鬼脸,吐唾沫。有过两次,他要她别吐唾沫,这样不文明。其实他不在乎这个。他看到她,心里的石头就放下了,重新有了呼吸。

"录了没有?"她从胸前的褂袢上摘下工牌,问他。

"日他个先人板板,老子今天被周豁皮整惨了……"前面一个男白色说。

"没有。"他替她抵挡着人流的冲击,把她拉到身前,护着她,"快了。但今天没有。"

"还是计划生育证明的事?"她说。

"我弟弟遭勾了,是板材的一个狐狸精。晚上你们帮我扎场子,把钱要回来……"身后一个女红色说。

"嗯。"他说,挥手赶开飘来的烟。身边有好几支贪婪的香烟。

"烂货,娃儿都几岁了,还想母牛吃嫩草……"身后的女蓝色说。

"王大洪,王大洪,八点半到广场,今天教新舞……"有人在人群中高声喊。

她又问了一句什么,话被淹没掉。他们不再说话。说也听不见。他牵着她的手,不让她被挤开。他们被人群裹挟着,下了天桥,再挤过人群,回家。他的黑色T

恤在铺天盖地的三色工衣中显得很孤独。

回到共和新村的家,她先洗澡。他们没有安热水器。谁知道会不会在龙华干下去。他为她提来热水。她冲进阳台改建的卫生间后,他把门掩上,靠在同样用阳台隔出的狭小厨房里,点着香烟,听卫生间里传来的水声。

刚搬来时,他们从楼上她同流水线的工友吴元琴那里提水。后来吴元琴的男朋友朱先勇说,热水器负荷过大,坏了,他们就换了楼下他的同乡老石。每天两桶热水,三十厘米的桶,每个月给老石十元钱热水费。给钱的主意是她出的,不然老石的热水器也有可能负荷过大。她还提出两人一起洗,这样能节约水。这个办法行不通。他宁可洗冷水。不是 0.88 平方米的卫生间里无论如何容不下两个人,而是她太瘦。

他不愿意看她的身体。不忍心。每次看到她瘦骨嶙峋的身体,他心里就难过,胃里一阵痉挛。

"别拖了,回去补个计划生育证明。不然一辈子揾不上工。"她在卫生间里说。

"昨天就没有要证明。前天也没要。"他说。他不想离开她,一天也不想。"昨天和前天只招普工。不然我已经打上卡了。"

"听他们说,最近管理工需求量不大。"她从卫生间里露出脑袋,浴帽往下滴着水珠。"其实不一定非在FC。

好多电子厂都缺工,你去肯定抢手。"

他不接她的话,脸色阴郁,把烟圈吐出封闭的栅栏外。

"和你商量件事。"水声停了一会儿,她说。

"你说。"他说。

"小珍她们去龙华广场跳舞了。"她说。

"去就去。"他说。

"我也想去。"她说。

"不行。"他说。

"不像你想的那样。"她说。

"我没想。你怎么知道我想了。"他说。

"我不能一天到晚待在家里。大家都跳。"她说。"你怎么待在家里了?是我。"他说。"你真的可以到别的厂找工。你这样是给自己为难,给我为难。"她终于说出这句话了。

他不想和她讨论这个问题。他辞职是为她,她要不明白,就是不讲道理了。倒不是名声问题,普工底薪太低,他不能接受。他在原来的厂是管理工,他想考FC的新干,组长不行,最差应该是线长。如果他们要结婚,他就得挣钱,不能靠她挣。全是因为她,他才辞了工,从观澜跑到龙华来。她怎么会这样想?

他没有回答她。卫生间里水声又响起来。很快她洗完。他把干净衣裳抱来,隔门递给她。她脱下的红色Polo，他几把给搓了，晾到栅栏前。她从卫生间里出来，头发湿漉漉的。她的脸蛋红得好看，衣裳也合身——如果不考虑她瘦骨嶙峋的身体的话。

晚饭是炒河粉。他用咸肉炒的。过年从家里带回的咸肉和口蘑，他一般留给她。他想给她好好补一补。吃过饭，他还是答应带她去龙华广场看跳舞。时间还早，他还是心疼她，不想她不开心。但是，她不能跳，这是原则。

她依然很高兴，换了一件出门才穿的蕾丝套头衫，兴奋地挽着他的胳膊。出门时，她叫了楼上的吴元琴和朱先勇。下了楼，她一个劲儿拉着他往前快走。

天黑以后，那群人在龙华广场集中。有人拖来功放，调试了一会儿，功放正式响起来。一个高个子男青年拍着手，走到领舞者的位置。几个男女骨干自动站到第一排。他们跳起来。

人越来越多。差不多有上千人。全是附近厂里的青工。他们在功放音乐中认真地跳，动作整齐划一。不知道附近驻港部队的军人看了会怎么样。也许他们不看，他们要做俯卧撑。也有人不跳，在广场灯光外的黑暗草地上静静地搂抱着。广场很大。广场外更大。

她投入地看广场中央的领舞者，脸上带着羡慕的神色。有一阵她的胳膊在他的胳膊肘中发硬，轻轻颤抖。

他从高个子领舞者身上收回视线，不满意地看她，再看她的脚。她穿着他给她买的紫色镶金边坡跟鞋，脚指头像一簇秀气的蒜头，带花袢的鞋跟着功放的旋律轻轻颠动。他忍了又忍，还是没忍住。

"什么意思？"他说。

"怎么啦？"她说。

"我已经说了。"他说。

"我又没做什么。"她说。

"颠脚干什么？你那算什么？"他说。

"我很累，你能不能让我放松一点？"她说。

"不要找不愉快。"他说。

"是你找。"她说。

"回家。"他说。

他推开人群往外走，离开广场。有两个穿着滚轴鞋的男青年一脸兴奋地谈论着刚从电讯店里买的新手机，从他面前一掠而过。她在原地站了一会儿，闷闷不乐地挤出人群，跟上他。他在马路边等着她，把手伸给她。她先没接他的手，后来接了，任他牵着。他们过马路。

"想不想吃点东西？我带你去美食街。"他问她。

她摇头。

"要不，给你买两只烤生蚝？生蚝补人。"他说。

她摇头。

"说话。"他有点生气。

"说什么嘛？"她说。

"不要赌气。没意思。"他说。

"我没赌气。"她说。

"还说。"他说。

她把头埋下,过一会儿靠过来,腮帮子依上他的肩膀,手指在他手心里轻轻挠了一下。他放松了。

回到家,他们看电视。江苏卫视的《非诚勿扰》。她喜欢《非诚勿扰》。《为爱向前冲》她也喜欢。他想和她说说他考工的事,看有没有别的办法。她看得津津有味,他就放弃了。

电视机是他从观澜带过来的。房子也是他租下的。那个时候他的条件多好啊,吃中干食堂,中秋节发月饼,甚至还添置了一部电动车。有什么办法,她在观澜找不到工作,总不能让她一个人在龙华冒险吧?

但他不喜欢她为男嘉宾着急的样子。等第三个男嘉宾出局以后,他关掉电视,要她早点睡。明天还要上班,她累不起。

她没犟,上床睡了。他把明天早上为她准备的一个肉包子、一袋豆浆放进锅里,把晾在栅栏前的红色Polo收进来,用电吹风一点一点吹干,叠好,放在她的仔裤边。她的旅游鞋也吹了一下。这一切都做完,他去冲了个凉,灯关上,这才钻进被窝。

她在那里等着他。她知道他会干什么。她从来不说不,总是依他。她和他在一起不容易。她是和家里决裂才跟了他的。

她不能怪家里。他谈过七个,有两个都要结婚了,结果还是吹了,闹得人财两失。有一次,他从厂里揣了一把刮刀出来。还有一次他决定结束掉自己。她拿定主意嫁给他,不管家里怎么反对。他都二十八了,她就是六亲不认也要嫁给他,就是死也要嫁给他。她不会对他说不。

他在被窝里搂住她。小心翼翼。每一次,他都害怕她会碎掉。这是有可能的。她是有可能碎掉的。人们喜欢形容一个柔弱的人,风都能吹倒。她就是风能吹倒的那个人。

在原来那个厂,他去人事部领新分来的工人。来来往往的保安和电车工和他打招呼。他看见警戒线外站着几个女孩子,没录上的,脸上带着茫然,她也在其中。保安驱赶她们离开。她们笑着跑过鼓风机。她被阻止在鼓风机前,像夏天水塘边的泽芹,摇晃了两下,无助地坐在地上,站起来,又跌坐下去。她的短发碎裂开,无助地贴在脸上。他的心抽着疼。他撇下新员工朝她跑过去。他就是在那个时候一下子爱上了她。

"睡吧,我抱着你。"他说。

"嗯。"她就乖乖地睡了。

马路对面的广场传来功放的声音。龙华到处都在跳舞,共和新村、瓦窑排、水斗村、清湖村,凡是有空地的地方，必定有男女青工聚集。

"13跳"之后，警察查封了几个稍大点的广场，不让跳了。警察说，什么时候你们不跳楼了，就让你们跳舞。政府很快干预下来，又让跳了。果然，以后好一段时间没有再发生跳楼的事。

下午五点以后，他去了环形过街天桥。环城二路和油松路还在那里。一长列柜式货车驶出FC厂西门，从桥下通过，驶向罗湖方向，从那里去香港，再装船去更远的地方。

桥上有一个长发男青年，穿着红色的Polo衫，扒在西边天桥的护栏上，百无聊赖地冲天桥下吐唾沫。要是吐到驶过去的货柜车，长发男青年就乐，呵呵地一个人笑。驶过去的货柜车没完没了，他总能吐到，这样他就乐个不停。

一群提着行李和塑料桶的乡下青年一脸兴奋地从西边桥上过去。另一队提着行李和塑料桶的乡下青年满是疲倦地从东边天桥上过来。

桥上走光后，长发男青年看见了他。他懒散地靠在正对工厂大门的南桥上。长发男青年看了他几眼，过来了。

"等老婆？"长发男青年说。

"嗯。"他犹豫了一下。

"我也是。"长发男青年咧开嘴冲他笑。

他不想理对方。吐唾沫算什么，FC一天出几百辆货柜车，瞎子也能吐上。有本事往下跳，砸货柜车，嘭一声，那才有品质。

他也不喜欢对方的穿着，明显揩老婆的油。女人穿红色可以，男人穿算什么？他最讨厌穿红色Polo衫的男人。有本事褡袢上吊自己的工牌。

他朝长发男青年胸前看了一眼。长发男青年没有摘工牌，也看不出胸肌，老婆的工衣穿在身上倒是很合适。

"还有两天就出粮了。科技园的取款机又要经历一次严峻考验。"长发男青年知己地说。

出粮有什么，他不在乎。他都坚持这么长时间了。他和别人不一样，靠当月出粮过生活。他不。他还有些积蓄，无非节省一点，不乱花钱，两个月他也拖得起。

他从不去发廊，不频繁换手机，牛仔裤和旅游鞋是两年前添置的，他坚持得住。

"你和你那口子也不住在科技园吧？"长发男青年继续搭讪，"有老婆的人住在园里不方便。"

他当然知道。FC有让联合国难民署羡慕的单工宿舍集群，宿舍里有空调、电视和洗衣机。但他不愿意她住在宿舍里。他听说过女工宿舍里如何混乱的事。他还听说过一个女工死在宿舍里，两天之后才被人发现的事。他不会让她那样。他要知道她每分钟的呼吸频率。

她只是员一级,没有住房补贴。他认了,三百五十元一个月的房租他掏得起。掏不起他也掏,卖血也掏。

"李明波的女朋友被人勾走了。造作线上一个贵州娃干的。"长发男青年说,"李明波是我老乡。所以我才来接我老婆。以前我才不接。你是哪里人?"

"你说什么?"他收回视线,扭过脸问。

"我问你是哪里人。李明波和我是一个垸子的。你不会是我们汉川老乡吧?"长发男青年开心地说。

"我问前面那句话。"他盯着对方那张挂满脏兮兮头发的脸。

"什么?"长发男青年困惑地看他,不明白他在说什么。

他们没有再说什么。长发男青年百无聊赖地离开这边,回到西边的天桥上,扒在扶栏上到处看,也没有再冲天桥下吐唾沫,虽然货柜车络绎不绝。

他就是不放心这个。她是他谈的第八个,够了。总要有个结果。总要有一个结果吧?几十万员工的FC,减去一半女工,剩下的一半全是潜在的危险。他不能把她藏起来。他不知道该拿她怎么办。谁都能搞定她。风都能搞定她。

他读中专那年,镇上有十二个未嫁女。第二年剩七个。第三年,等他读完中专回到镇上,只剩下三个未嫁的,都跑到珠三角打工来了。

他暗恋其中一个。他读书的时候，她向他送过秋波，还约过他。他不能等镇上其他的未嫁女长大，等不起。他追到顺德，再追到东莞，最后追到宝安。宝安是个好地方，全中国的励志青年都云集此地，但她不向他送秋波了。眼神迷乱，心思不集中，她不知道送给谁。也许送给谁都可以，也许送给谁都不对。她让他离她远一点，别缠着她。

他痛苦了一阵，振作起来。他看出来，宝安不光是全中国有为青年的蓄水池，也是全中国清纯女孩的花园。他以为他如鱼入水，总有收获。可是，快十年了，他还是独身一人，直到遇到她。

九点过后，她才从厂里出来。他没有离开，被三色工衣淹没了两次之后，他仍然站在天桥上。她没有分开人群跑向他，他就等在老地方。礁石等着浪花。

很快解释清楚，是加班，因为这个她才下班晚了。他心里还是不舒服，之前脑子里胡思乱想的念头，需要很长时间才能降解，这个他知道。所以，他没有告诉她长发青年的事，那个喜欢往天桥下吐口水的汉川佬。

她没有提出去龙华广场看跳舞。去也只能赶上尾子，没有必要。

晚饭他为她做了合蒸，咸肉和咸鱼，外加一盆粉丝白菜，煎了虾酱。她必须多吃一点，加强营养，这样她才能够尽快结实起来。

她很累，没有胃口，但吃得很开心。她把鱼肚子上那块没有刺的夹给他。他再夹回给她，肉夹烂，埋进饭里。他让她告诉他今天她经历的事情，详细地告诉。她急着给他讲她打听到的情况。FC最近的确只招普工。是安环课一个台干告诉她的。她的意思是，他可以先去别的厂。他出来快十年了，干过的工种数不清，到哪个厂都抢手。等FC招管理工了，他再过来。

台干是FC自己的人，台干的话比较可信。他在FC见工半个月，事实证明了这一点。但他不会去别的厂。他就是要进FC，别的厂给个中管他都不去。

"你这样给我很大的压力。"她停下来，不吃了。

"是我有压力。我说了不要你挣钱。你只挣一部分就行了。一小部分。"他说。

"究竟为什么？"她说。

"你还问。"他说。

"你这样让人受不了。我都受不了了。"她说。

"再吃几口。瘦的不腻。"他剥下一块咸肉，把瘦的部分夹到她碗里。

"求你了，你到底想干什么？"她快哭了。

"你还不明白？"他说。

"你不要老想着监视我，好不好？"她急了。

"什么意思？你什么意思？"他说。

"我那是正常说话。不可能我不说话吧？我说了什么?"她说。

"你自己清楚。"他说。

"我不清楚。我都让你和张国奇对质了。对出什么了?"她说。

没对出什么。他那样做很傻,当众出丑。一大群红色Polo衫,还有蓝色和白色Polo衫,胸前或胳膊上一律吊着FC的工牌,他们站在那里,站在受到中伤一脸委屈的张国奇的身后,那种眼光真是可以杀人。

但他不甘心。要是这样,台干又是怎么回事?台干比其他人更不要脸,他们以为自己是珠三角的拓荒者,高人一等。被台干迷惑的人还少吗?那些血汗工厂里究竟在发生着什么?

他想知道海峡两岸什么时候统一,福建需不需要支前民工。

他看她的手机。她的手机安静地放在床头。今天好像一声都没有响,连信息声都没有,这不正常。要是这样,她要手机干什么?他已经不在观澜了,和她在一起了,她可以用他的手机给家里打电话,用不着有一个手机。

她哭了,嘤嘤地,哭一会儿撑不住,从放着菜盆的凳子边退开,窝到床上,把枕头抱起来哭。她身子弱,累不起。还有,他规定,她可以哭,但声音不能太大。出租屋一砖的墙,不隔音。好在房间不大,只有三十平方米，她能够做到。

她是哭着睡着的，衣裳没脱，人窝在床头，怀里抱着枕头，像一只没见过世面因而害羞的麻雀。他坐在那里，听着广场上那台功放突然停下来，什么声音也没有了。他想他们散了，回去睡觉了。只是她在梦里还在抽搭，委屈得要命。

他站起来，把凉了的饭菜收进厨房。他在那里站了一会儿，抬手抽了自己一耳光，又抽了一下。他的脸火辣辣地疼。他想够了没有。他那么想了，把脑袋抵在墙上。那里有一片污浊的水渍。他用力在水渍上撞了两次。

有一阵，他满眼冒金花，过了一会儿好多了，眼眶里的泪水一点点收去。

他把她的红色工衣洗了，用力拧干，用吹风机一点一点吹去水分。他解开衣扣，把还有一点潮气的工衣贴在胸膛上，靠在栅栏前。他看马路对面空无一人的广场，灯光下，那八匹欢快的马儿老也不肯放下蹶起的蹄子，好像它们很眷恋这个地方，要是放下蹄子就收不住，它们就必须离开这里似的。

楼上吴元琴气恼地喊了一声，然后是朱先勇小声的说话声，好像是在赔罪。楼下有什么东西跳动的声音，然后是孩子咯咯笑着到处跑动，是老石那个捣蛋的儿子。

他把烘干的工衣从怀里取出来，叠好，回到屋里，把工衣放在她的牛仔裤旁。他拿起她的牛仔裤闻了闻。他决定明天把她的牛仔裤洗了。

他上了床，平着身子躺下。她捧着自己的脸，不知道是不是做了什么不愉快的梦，鼻息短促，频率不稳定。他慢慢转过身，面向她，在黑暗中看了她一会儿，伸手为她脱衣裳。

她动弹了一下，睁开眼睛，看清楚是他，放心了，闭上眼又睡。他把她搂住，一点点搂进怀里。他的手放在她的背上，瘦削的背，比山峰尖锐的背。他知道那里有一块伤疤。是她六岁时和弟弟争一只鸡蛋，她父亲朝她掷出一支燃烧的青冈木，它灼伤了她。

她在梦中抽搭了一下。他停下来，憋住气，一动也不敢动。她没有破碎，至少这一次，她没有。他想她都做了一些什么呀！他有些发抖，比她更委屈。而且，他心里涌出对她无限的疼惜和温情，怎么堵都堵不住。

她是他在这个世界上唯一的牵挂，是他的家。如果他能寿终正寝，他要和她在一起；如果不能，他要为她去死。他就是这么想的。

他瞪大眼睛，一动不动地搂着在梦中啜泣的她，一遍一遍在心里想着，直到熹微渐渐涌入屋内。

下午快六点的时候，环街天桥上的人流开始多了。上班的三色工衣大军进厂后，天桥上空了一段时间。他看见了那个小个子青年。

小个子穿一套李宁牌运动衣,背着一个巨大的挎包,手里拿一只木架。这个其实没什么。进厂的人数以万计,他得抓紧天桥护栏才不至于被踩成粉尘。他转过身,背对着过桥的人流,他就是这样看到那个小个子的。

小个子在天桥下,就在他脚下。小个子在马路边蹲着,从巨大的挎包里拽呀拽,拽出一堆橘红色的东西,摊了一地。然后小个子撅着屁股在那儿往橘红色东西里打气。橘红色的东西慢慢胀开,鼓起来。原来是一个安全气垫。

小个子把气垫充足气,从挎包里掏出一团红布,抻开,绑在木架上。小个子走到马路上。上下班高峰期,来往车流很大,它们不耐烦地响着喇叭。小个子不慌不忙,看也不看顶上鼻子的车流,把绑着红布的木架支在马路上。

他不明白小个子要干什么。他看清楚了红布上写的字:"施工重地,车辆绕行"。红布上就是这么写的。他看见小个子退回人行道,拖着气垫往马路上走。一个人,有些吃力,但他也做到了。

小个子把气垫放在红布架子前,退后两步,打量了一下距离,重新移动了一下气垫,再度退出马路,从地上拿起空了的挎包,背上,朝天桥上走来。

上班的三色工衣早就走光了，还有五分钟，也许还有八分钟，下班的三色工衣大潮就会从另一边拥来。

天桥上没有人，除了他和小个子。他看见小个子低着脑袋，往一只胳膊上捆扎着什么，样子很认真。也许感觉到有人在看，小个子抬头看了一眼。两个人的目光撞到一起。小个子很快低下头，继续捆扎，然后在挎包里掏着什么。他闻到一股汽油味。

FC下班了。三色工衣大军潮水般拥出巨大的厂门，气势汹汹朝天桥拥来。上万名红色Polo，加上万名蓝色Polo，再加上万名白色Polo，他们几乎在同一时刻拥出厂门，一部分拥往环城二路和油松路，一部分跨上过街天桥。纷乱的脚步声隆隆作响，气温立刻上升了好几度。他被淹没在三色工衣的潮水中，让人窒息，咽喉隐隐作痛。

他还是觉得有什么不对劲。他转过身，这样环绕着的两只脚就有些松开，抓住冰冷栅栏的手也有些松动。他看见了那个小个子。

小个子出现在南边天桥上，他爬上护栏，面向FC大门，摇摇晃晃地站着，这样不但他，别人也能够看见他了。

小个子手里握着一只简易的扩音装置，冲着扩音装置喊了一句什么。他的声音被三色工衣大军制造出的巨大声音淹没掉，嗡嗡的。他看见小个子低下头摆弄了一下扩音装置，重新送回嘴边。

"孙爱芳……"小个子冲着简易扩音装置喊。

这一次，他听见了。附近的一些三色工衣也听见了。也许更多的三色工衣没听见，他们正忙着说话，或者惦记着赶紧回家。也许更远一些地方的三色工衣没听见，比如沿着环城二路分流的，还没有拥上天桥的，他们没听见。但没有什么，小个子手中的简易扩音装置发出一阵刺耳的尖啸声，接下来，他通过扩音装置喊出来的话，他们应该都能听见。

"孙爱芳，孙爱芳，我知道你在。我知道你在这里，在他们中间。"小个子喊。

湍急的人流打了个结。有人驻下脚。更多的人驻下脚。他们扭过头，或者不用扭头，看摇晃着站在南边天桥护栏上的小个子。有两名治安协管员拼命朝这边挤。天桥上顷刻间爆满，他被膨胀的人流压在护栏上，喘不过气，他的肋骨被人撞疼了，一只鞋也快脱离脚。

"孙爱芳，我只想对你说一句话。你不要不耐烦，我只说一句，从此以后你就解脱了。"小个子对着扩音装置喊，"我爱你，孙爱芳，做鬼我也爱你！"

人们开始有了呼应，鼓掌，吹口哨，吆喝着起哄。有人在努力拉开圈子，为小个子撑出一个舞台。他被退过来的人群压在护栏上。他呼吸困难。他已经坚持不住了。礁石要被冲垮了。

接下来的事情谁也没有想到。一团火苗冒出来。是小个子。他举着顷刻之间燃成火炬的拳头。他把它高高地举在头顶。他那张扭曲的脸在飘摇的火光中显得有些不真实。他朝人山人海的三色工衣中茫然地看了一眼，举着火炬纵身跃下天桥。

人们发出一声喊。浪头突然退回去。他被解放出来，喘着气拼命咳嗽。有人朝马路上大叫。那里刹车声响起一片。

他不是第一个跑下桥的。他在桥上摔了好几个跟头，手掌被划破了。他其实一点忙也帮不上。马路被截断了，治安协管员朝人们喊叫着，他根本挤不进人群。他觉得他应该去那里。他和他是一路人，只是方向不同，但他应该去。

谁也没有留意马路上的安全气垫是什么时候被搬开的。小个子直接摔在水泥地上，一辆来自油松路方向的载重车把他撞得飞起来，再从他身上碾过。空气中弥漫着强烈的汽油味，但火肯定是没有了。

这一次，他看见了她。是他先看见她的。天那么黑，他却从三色工衣中一眼就认出了她。

她也看见了他。她离开她那些流水线上的姐妹，朝他走来。不是跑，是走。

他朝她微笑。本来笑不出来，但他认为应该笑一下。他觉得自己有理由朝她微笑。不管怎么说，他还在，站在南桥上。汽油味和火焰都消失了，他还在。他没有注意到，她的脸色不好，比平时更苍白。

他握住她的手，紧紧握住，为这个他有些粗鲁地挡住了一群朝他们拥过来的三色工衣。

"出了什么事？"她朝天桥下闪着顶灯的110警车看了一眼。

"没什么。"他说。小个子已经不在了，已经被先前离开的120急救车带走了。他打算以后再告诉她这件事。她胆子小，他不想吓住她。

她不再问什么。这和平常不一样。他感觉到她的手心里一点汗也没有，它在他的手掌里软弱无力。她累了，他心疼地想。

他们回到共和新村。他们一路上都没有说话。她也没有朝马路对面的广场看。这个时间有点长。走到村楼下的时候，他忍不住把事情告诉了她。

"我录上了。上午就录了。"他说。

她站下来，借着马路边微弱的路灯看他。

"是普工。但没什么。就普工吧。"他说，咽下一口唾沫。

她还在看他。她的半边脸在路灯的阴影里，看不清。

"我问过，三年晋升一次。我会比别人快。我有把握。"他自负地说。他不用汽油，不用点燃，不用纵身一跃，照样能够做到。他的确和小个子的方向不同。他就是要和小个子的方向不同。他觉得他要谢谢小个子。他应该谢谢他。

她没有说话，用一种奇怪的目光看着他。

他想，没事的，他们终于在一起了。她会很快摆脱掉伤感，他发誓他会做到。他们两个加起来能挣三千多，如果尽可能地加班，能超过四千，够了。只要他们在一起，什么苦他都不怕，他能挣更多的，他会这么做。

"你怎么了？"他还是觉得有什么事情不对。他有些心神不宁，觉得附近什么地方还有汽油味。

"没什么。"她说，扭头往楼里走。

他有点儿心慌。不会出什么事了吧？不会是台干的事吧？这么一想，他怒火中烧，赶上两步，追上她。

"到底怎么了，你说。"他说。

她不回答他，径直上楼。老石在炒菜，问他们昨天怎么没来提水。他没有理老石。他觉得热水不重要。他觉得昨天也不重要。他觉得除了她，什么都不重要。

回到家，她才给他说，到底发生了什么。她把门关上，关好。他要求过，注意影响。一砖厚的墙，他们要注意影响。她告诉他的事情其实不是他想的那样。没有什么台干的事，没有。她只是辞工了。如果还需要说明的话，她是今天上午辞的工。自退，当月薪水自动放弃。

"为什么?"他说,怎么都没有明白过来。

"你去哪个厂,我就跟你去哪个厂。我就是这么想的。"她说,哽咽了一下,身子发软。

"为什么?为什么要这样做?"他还是不明白。

"那你要我怎么办?"她朝他喊,"你知不知道,我害怕下班,害怕上天桥。每次上天桥,看着你靠在那儿,扒着护栏,被人群淹没掉,又淹没掉,我怎么都看不见你,我就觉得呼吸不过来,我就想死!你要我怎么办?"

他愣在那儿,呆呆地看着她。现在他明白过来,为什么这一次她没有向他跑过来,而是走向他。她的脸色本来就不好,但今天尤其糟糕。她把自己辞了,事情就是这样。

他们都不说话。屋里一点声音都没有,天在渐渐黑下来,直到马路对面的龙华广场上响起功放的声音。她起身去拿外套。先拿了一件,丢开,又拿了一件。

"你去哪儿?"他问。

"广场。"她说。

"干什么?"他说。

"跳舞。"她说,低头找鞋子,他给她买的坡跟鞋。

"不行。"他说,觉得自己很无力。

"我要去。"这一次她没有妥协。

"站住。"他说。

她已经走到门口了。他追上去拉住她。屋子很小，这很容易。她用力甩动胳膊，想甩开他，但没有做到。

"放开我。"她说。

"不许去。"他放开了她。

"偏要去。"她去开门。

他不想那么做，不想她破碎掉，就算什么结果也没有，他也认了，但他必须阻止她。

"你给我听好，我只说一遍。"他把手举起来，像是要阻止那道门，然后他想到那只举起来的火炬，又气咻咻地放下。

"我只说一遍。关于去广场跳舞，有两个原则。"

"你说。"她盯着他，身子轻轻地颤抖。

"第一，不许把衣裳最上面的那颗扣子敞开，不要露出你的脖子。"他说，"还有，以后上下班，不要和白色工衣走在一起。蓝色的也不要。"

"就这两个？"她说。

"一个。我说了，这是第一。我刚才说的。"他说。

"扣子是第一，白色工衣和蓝色工衣是第二。"她说。

"不要犟嘴。你总是和我犟嘴，我不喜欢这样。"他说。

"那你说清楚。"她说。

"我已经说清楚了。我现在就再说清楚。"他感到三色工衣大军向他拥来。礁石在发出断裂的声音。她还在犟。她想干什么?"不要打断我的话。"

"好吧。"她脸色苍白,靠在门上。她只想离开。她快坚持不住了。

第二个是什么呢,他问自己。他不是问自己。他什么都清楚。没有什么他不清楚。问题是,怎么是两个原则呢?还有,谁允许过他有原则?他悲伤地想。他真的不知道该说什么好。

外面传来功放的声音。是《走进新时代》。那些人又在跳舞了。高个子领舞者。站到第一排的骨干男女。他和她都知道,接下来会是《复兴之路》。

他站在门口,她靠在门上,他们谁也没有说什么。他们什么都明白。

2011年2月20日
于深圳

抱 抱 那 些
爱 你 的 人

头一天晚上，我们约法三章，禁爱三个月，四个月更好。洗漱上床后，她撩开我的胳膊钻进来，想做一次。

我说："别这样，碗儿，这事没得商量。"她狠狠给我一下，咬我耳朵，咬得很疼。我说："听着，碗儿，我们再也不能继续下去了。"她说："真要命，我快不行了，废了。我死了算了，你就是这个意思。"我说："但是你并没有死，只是一种感觉。"丁香就在我俩身边。不完全是，离着三尺，黑暗里看不见，也许正往我们这边看。碗儿真不该像中弹的士兵那样叫唤。

"你让我怎么办？"她咬牙切齿，"想想你上我的时候。没有人相信我会堕落成这副模样，这回你满意了吧？"

碗儿是人见人爱的女人，谁见到她都说我这辈子撞了狗屎运。她有纤巧的鼻子和长长的脖颈，让人心慌意迷的气息，有好几个死不瞑目的追求者。我不知道这个世界上有多少男人想杀死我。

但是，一个男人不能心软，整天担惊受怕的日子我过够了。

巽寮湾，亚婆湾，大亚湾，梅沙湾，深圳湾，所有深圳的天然山海楼盘我俩都看过。那两个月，我俩频繁来往于东部，直到把一辆二手雷克萨斯跑废掉。

丢硬币，丢纸团，数车牌，再改色子，再改回硬币，下单。

广告上说，亲海生活拉开了幸福人居的生活蓝图，我不是为广告商买下滨海私享绿道,是为碗儿。

还有丁香。她介入我和碗儿的生活,可以说是一个奇迹。

但是,我和碗儿,我俩够了,不需要再多出一个第三者。

黑暗中,有一双眼睛往这边看。不是丁香,她睡了。我不知道是谁。

顺便说一句,我是一名广告商。

入住手续极简,前台总管刚把装在烫金布套里的智能卡递给我,服务生已经把车上的行李取走。穿着镏金铜扣制服的接待生送来茉莉花茶,瓷杯烫手,不是大桶里灌来的。

上台阶,我注意到隔壁公寓的那个男人。他在前厅入户花园里浇花。他看碗儿,水洒到草编拖鞋上。中年人,肤色黝黑,有点儿秃顶,目光像袋鼠一样清澈,穿一套看不出牌子的休闲装,裤管拖在地上。

"碗儿。"我说。

"快来。"她说。

我跟上她,还有丁香,我们进了家。

那一天,我们见到邻居家男人三次。

第二次是下午去风情街给丁香买尿布,他在一群戴凉帽的客家女中站着,呆呆地看一筐清水淋过的释迦果。碗儿踩住自己的长裙,咯咯笑,摔在我身上,要我替她取出脚趾间的碎石。

远处的海浪涌动着雪白的渐近线，一个肌腱结实的白发老人拖着两色划浪板走上沙滩，单腿跳着控耳朵眼里的水。

第三次是晚上，我们去海边烧烤。他在沙滩上百无聊赖地走，低头看沙滩上斜身爬过的寄居蟹，或者别的什么。

我担心丁香，可能她睡不了三小时。在吃过头道果木炭烤沙井蚝之后，趁蜜汁烤牛舌没上来，我灌了一气冻椰果，在碗儿翘翘的屁股上打了一下，踩着细沙摇晃着向家里走去。

等我回到沙滩上的时候，他正和碗儿说话。

那家伙桀骜不驯，穿着轻佻的撞色沙滩装，手里握着一瓶附近渔村卖的番薯烧酒，连杯子也没要。他竟然舒服地坐在我的位子上。看上去碗儿很开心，笑得前仰后合，长裙吊带滑到肩膀下，也不顾忌海风那么大。幸亏她抱着双膝，不然月亮都能看到她令人窒息的胸脯。

碗儿一身潮品，粉红色伊左牌吊带裙，迷人的锁骨上吊着一只够炫的宣言项链，那家伙结构繁复，活像云提婆佛旦罗枷锁。她说，拥有两三个这样的大家伙，一条连衣裙就能营造多面女郎形象。

男人穿得很少，一件戴风帽的秋季衫，一条没有牌子的沙滩短裤，一看就是摊档上的货。

"她是个好女人。"男人冲我打招呼,扬了扬手中的烧酒瓶子。用得着他说吗?

"他真逗,说我像白啄木鸟。"碗儿醉眼迷蒙地飞来一个秋波,立刻把脸转向新伙伴。

他说:"它们吃水果,也偷花蜜,求偶时,上下左右摇晃脑袋,一边炫耀漂亮的羽毛,一边大声叫唤。"

碗儿说:"举例。"

他伸长脖子,像一只憋急了的笨鸟:"务科——务科。"

碗儿笑得差点没滑下椅子去。

我站在那儿。我换了一只腿。我见过大斑啄木鸟,也见过绿啄木鸟,它们吃蚂蚁、昆虫和坚果。我记得,它们要么叫"辟克——辟克",要么叫"坡路——坡路",要是没听错,他刚才叫的是,"我渴——我渴"。

"亲爱的,你脸上有番茄酱。"我对碗儿说。"对不起,你坐了我的位子。"我对男人说。

"老咜,别这样,"碗儿说,"NO 是好人。"

这算什么名字,有人叫 NO 这种名字吗?但她连他的名字都搞到手了!我在自己位子上坐下,男人换到另一个座位,继续和碗儿说鸟儿的事。他俩目光热烈,视线根本不在我身上。我插不上话,灌了一气冻椰果。我觉得今晚的海潮可能会来得晚一些,但也不一定。

那天晚上有点闷热,海上没有多少风吹进屋里,我们一直让百叶窗开着。碗儿睡得很安静，光洁的长腿被冰冷的月光纠缠着，让人心里隐隐发疼。丁香也是。

有一只大蚊子在屋里，我能听见它在什么地方哭泣，但没有过来。

你知道甲醛那种迷惑人的气味，就像最好的香槟，它让你微微上头。但我们有清洁公司的系列服务，一切都完美无缺。

我睡不着，起身去冲凉。我想象自己淋了一场没来由的大雨，关上龙头，水立刻没有了。我再打开龙头，再关上。花洒像健康少年，一滴水珠也没滴下来，好像它们从来就没有出现过。

我研究了一会儿花洒，离开沐浴房，走出户外。有一颗叫不上名字的星星刚好坠落进大海里。

他在那儿。我们的邻居。他坐在沉船木台阶上，在一丛垂丝紫荆的阴影里吸着雪茄，空气中飘来一丝甜丝丝的豆蔻味道。我又站了一会儿，考虑是去海湾里走走，还是回去继续熬过失眠。

"嗨，"他从嘴上取下雪茄，向我打招呼，"你也睡不着？"

他说："报纸上说，后天会有'超级月亮'①，可你现在看不出它有什么不同。"

---

① 2012年5月6日，2012年的望月之最现身天空，民间称作"超级月亮"。

他说:"我听见孩子的哭声,她一定是个漂亮的女孩。"

他说得对。可那与他有什么关系?再说,吸雪茄并不是值得夸耀的健康习惯,他没有必要非得在巽寮湾把自己弄成古巴人。

他说:"我们在北纬21度线,全世界最著名的海滩都在这个纬度上。真是可惜。"

我不知道他是什么意思。月色下,他皮肤黑得刺眼,像白乐天笔下的卖炭翁。但他更像一个啰唆的渔夫。不过也不一定。我们来时,我把车停在葵涌靠山那一边,碗儿尖叫着追一只蝴蝶,她笑得喘不上气。她说了同样的话,真是可惜。

海面上有一层厚厚的乳白色悬霭,至少有两个泰坦尼克号大。可能是几千万只蝇子。维基百科上介绍说,这种果蝇蛋白质丰富,一些太平洋岛国的居民用湿盆子捕捉它们,调和橄榄油煎着吃。

我又待了一会儿,打算回到屋里去。"你想听故事吗?"他说。他已经在吸第二支雪茄了。我是说,在我看到他之后。他还是太着急。

"也许你不感兴趣,但有一个故事,它的确是个好故事。"他在黑暗中咻咻地笑,差点儿被雪茄呛着,"有一次,我去超市买奶酪,有个上了年纪的女人,她叫我去后面货架找,那里堆满了各种各样奶制品。我找到一种牌子叫'阳光'的奶酪,你猜怎么着?我不相信天下还有这么鲜美的奶酪。"

我站下来,回头看他。我说:"是吗?"

他从台阶上站起来,犹豫了一下,停在垂丝紫荆的阴影里,没有走下前厅花园。看上去,他像一个稔熟循序渐进规律的人,但我一点也不相信他。

"你一点也不想听故事。"他露出一丝遗憾的神情,"也许你想去睡了。晚安,伙计。"

我朝家里走去,我们的家。我在台阶下站住,回头看他。他站在台阶上,没离开,阴郁地看着我走上台阶时划开的月色。

"你有没有听说过,对于成年男士,高饱和度色彩是大忌,淡雅的穿着才能显出魅力?"隔着前庭潮湿的空气,我对他说,"你听说过 Tom Ford 这个人吗?他说,在成年女士面前,有教养的男士不应该穿短裤。"

"是吗?"他吃了一惊,显然他没想到。

"显然你不懂。"我说,"还有,你会唱《巴亚莫之歌》吗?"

他脸上露出困惑的神色。

"我说的不是马埃斯特腊山和考托河,"我的口气里充满了嘲讽,"我也没说卡洛斯[①]家的榨糖厂和曼萨尼略

---

① 卡洛斯·曼努埃尔·德·塞斯佩罗斯,古巴国父。

炸小鱼,《小圆镜》里的那些海盗都喜欢这种美食;我说的是1868年,也就是144年前,人们在巴亚莫战争中唱的那首歌。"

我在黑暗中大声唱起古巴国歌:

> 快起来,走向战场,巴亚莫的勇士们……

我是不是该用力挥舞胳膊,再给自己弄一面三角形和星形三道蓝的旗帜?

> ……祖国正骄傲地注视着你们,不要惧怕光荣牺牲,为祖国去死就是永生……

小子,你有没有觉得我是何塞·马蒂,那个不吸雪茄的古巴民族英雄?

> ……在枷锁下偷生不如死,谁愿在耻辱中忍气吞声……

好啦,现在让我们来做勇敢的泰诺人、希博内人和瓜纳哈达贝伊人,在脸上涂抹上黑泥,举起长刀,向敌人发起进攻。

……嘹亮的号角已经吹响，拿起武器勇敢的人们，冲啊！

我激情洋溢地唱完那支歌，撇下黑暗中惊讶的他，穿过凉爽的金盏花丛小道回到屋里。那只大蚊子还在那儿，但好多了。我关上大门，去酒柜里取梅子酒和冰块，端着酒杯走进花房般安静的卧室。碗儿突然坐起来，眬眼看一下，娇慵地冲镜子笑了笑，翻身睡去。这回她离开了月光，躲藏进屋子的阴影里。

这个让人迷恋又心疼的可人儿哪！

我走到婴儿床边。丁香睡得很安静，呼吸中荡漾着一缕丝绸般的波纹。

我干掉杯子里最后一滴液体，它已经变热了。我的手在微微颤抖。

他完全可以直截了当，但我一点也不信任他。这就是我上床前得到的最后结论。

第二天，我开始收拾地下室。我把那里折腾了个底朝天。

这一天是立夏，我认为我们需要一个更隐秘的藏身处，来躲避这个季节无处不在的花粉。我手上起了两个水泡。我不知道立邦漆是不是可以相信。我只知道，我会用生命铸成盾牌，保护我的两个女人。

碗儿整天待在户外。她兴趣盎然地收拾门前的小草坪，把那里弄得一塌糊涂。然后她把门庭前的栅栏当作悬崖，挓挲着两臂，摇晃着身子站上去，自己吓唬自己。接下来，她脸上贴着汗湿的头发，去和一对年轻夫妇的一只沙皮狗玩，人和狗在地上滚作一堆，夹着胳膊肘儿哈哈大笑，骂那只狗不要脸。

早上起来时，她光着身子在屋里走来走去，哼着一支不明来历的童谣。去户外时，她换上了小清新的海军风，纤巧的脖颈后飘扬着一道不安分的海魂旗。到下午她变身了，光腿套一件大得可笑的性感尤物人头衫，赤着脚在卵石小路上跑来跑去，一副YY派风格，然后大声叫唤着跑回屋来，让我给她往脚指头上抹碘酒。到了晚上，她再度变身，换了一件飘逸的雪纺裙，令人疼怜的肩头停着一只可爱的彩绘鸽子。

她满屋子追我，把我抵到墙上，喘息未定地问："老实说，喜欢我肩上的鸟儿，还是我肩头的痣，还是我的锁骨，还是我？"

我能说什么？

她说："必须说。"

我说："碗儿，别让油漆弄脏了你。"

她立刻跑开，一会儿工夫，沐浴房里就传来夸张的水流声和她快乐的歌唱。

我们决定多住两天，过完周末再回到城里去。深圳在周末不属于深圳人，属于暂居深圳的1500万非深户籍人,他们在周末用狂热的拥塞攻打城市,成为城区的占领者。

我整个下午都坐在海湾里,看云谲波诡的海平线。整个白天我都没看见我们的邻居。那个叫NO的男人,他就像一只行踪诡异的蝙蝠,消失在咄咄逼人的阳光中。

但我不相信他。

晚上,我们照例去了海滩。碗儿在沙滩上哼着曲子跳苏格兰摆裙舞。她想把自己转晕,一直没能做到。海风在海面上徘徊,几星渔火在远处若隐若现,让人生气地想冲到海上去抓住它们。

烧烤台上有一大堆带壳的海鲜,辣根的气味和海草的气味在空气中缠绕不休。天气持续地热,我灌了一肚子冰镇椰子。我用蟹钳打开一只巨大的螯,把整块雪白的蟹肉挑进对面的蘸水碟里。我和碗儿商量,也许我明天应该回到市里去,壳牌公司的那份文案早该交了。

碗儿一点也不在乎。她停下跳舞,两颊海藻般贴着漉漉湿发,过来从我手中抢蘸水碟,用手扇着风听电台里《快乐反斗星》节目。

"我还以为水母是水的母亲咧,没有想到水母越漂亮越有毒,我还是丑一点好了。"她学着粉粉[①]的童稚

[①] 深圳电台《快乐反斗星》谈话节目中的角色,一个5岁的搞怪女孩,由一名30多岁的女性节目主持人扮演,深受深圳听众喜爱。

腔，哈哈大笑，海鲜蘸料涂了一脸。

那天晚上，海风继续停在海上，没有过来，百叶窗仍然开着。碗儿剥掉睡衣，把自己彻底坦陈在月光下，在睡梦里咯咯地笑。她总是这样，为简单的事情开心。

我睡不着，心里惦记着什么。我悄无声息地从床上起来，去了沐浴房。我在那里研究了一会儿花洒，又玩了一阵浴盐，然后离开沐浴房，去了户外。

我们的邻居不在那里。

亮油油的沉船木台阶上，有一些不规则的眼睛，几瓣白背木兰花瓣掉落在那里，也许还有一只透翅蛾和一只萤叶甲的尸体，但我说不清楚它们藏匿在什么地方。远处的沙滩上传来寄居蟹大军攀爬过的窸窣声，更远处的海湾里涌来礁石的低语声。

我心里隐隐不安，觉得有什么事情将要发生，或者已经发生了。

我在那里站了一会儿，判断出天亮前海风不会来了。我向花园里的锦葵和大叶山楂警告地挥了挥拳头，回到屋里。

我从冰箱里取出梅子酒。有什么东西在黑暗中看着我。肯定不是那只孤独的蚊子，它到底没耐住，白天飞出百叶窗外，去海上找自己的同伴了。

我拿着酒瓶和杯子向卧室走去。我在卧室门口站住。混合酒精泼洒在柚木地板上，冰块从我脚背上滚落下去，在地板上滑出很远，被床脚挡住，发出轻微的咔嗒声。

丁香不见了！

婴儿床上空空荡荡，丁香连影子也没有。

三个月大的婴儿，她能跑去什么地方？

我撞倒摆放时尚杂志的便携桌，跳过碗儿脱在卧室门口的浴巾，拉开门冲出屋去。

我把酒杯抛向花园，跳过金盏花小道，冲向邻居家，狂啸着擂门，几乎在门锁开启的同时，撞开门后的NO冲了进去。

客厅里乱糟糟的，凡是可以摆放东西的地方都摆放着东西，但屋里没有丁香，所有房间里都没有。我熟悉地下室的构造，那里不可能藏匿住任何生命，哪怕一只还在呼吸的猎蟥。我的脑袋快要炸开了。我喘着粗气，在屋里到处走动，愤怒地揭开每一处可以揭开的地方。

NO，那个男人，他装出一副什么也不明白的样子跟在我后面，我冲到哪儿他就跟到哪儿。他为什么不装出睡眼惺忪的样子？

我说："你把她藏在哪儿了？"

他看着我。

我说："给你一分钟。"

他沉默。

我说："交出她，不然我会杀了你！"

他做贼心虚地朝四下看。

现在我看清楚了，那些东西，满屋子都是的东西，它们是孩子的玩具，还有食物和衣物，几乎能凑足一整个"童话王国"加盟店。

血冲破囟门，四溅而出。我朝他奔过去，一把揪住他的睡衣领子，暴怒着朝他喊叫："浑蛋，别让我现在就动手！"

碗儿说："老咤？"

碗儿站在门口，一脸惊诧，好像不明白发生了什么。她在那儿干什么？她为什么不换下利兹睡衣，换上正规居家装？可那有什么关系？我低头寻找趁手的家伙。我不打算花更多的时间回到自己的厨房去取家什。

碗儿说："老咤？"

我说："离开这儿！"

碗儿说："老咤。"

我说："别碍着我！"

碗儿说："丁香在家里。"

我说："我要杀了这家伙，现在就动手！"我甩开碗儿伸来的手，冲过去，从玄关陈设柜上抓起一只青铜雕像。我把那尊沉甸甸的家伙抓在手上，困惑地回头，看碗儿。

她哽咽着说："丁香在家里，在摇篮里。"她乞求着对他说："别往心里去。"

他说:"没什么,你们随时可以过来。"NO一副累极的样子,手插入睡袍口袋,换一只脚当重心,好像那样做,他就可以站着睡过去,不再受打扰。

回到屋里后,碗儿就一直盯着我,我走到哪儿,她跟到哪儿。

我为丁香换纸尿布,她根本没醒。碗儿说得对,她就在摇篮里,哪儿也没去。但碗儿不睡,坐在床上,掩紧睡衣,低头看什么地方,一句话也不说。月亮对潮汐的影响无人知晓,这就是海风不来的原因。对女人它也这样,影响她们的情绪,把她们弄得无法辨认,这就是超级月亮的来历。

我扶起便携桌,捡起杂志,再拾起浴巾。我爬到床下去找那块冰,它不见了。我站起来向四下看。我不知道,接下来怎么办。我想说点什么。也许我可以去沐浴房,看看那些水滴它们怎么样了。我口渴得很。现在我知道我该做些什么了。我应该给自己来上一杯加足冰块的双份梅子酒。

凌晨时分,我走出户外。

他在那儿,我们的邻居,坐在沉船木台阶上。空气中充满了海葵分娩的气息。

我在门口站了一会儿,走过去,在他身边的台阶上坐下。

我们看不远处的海湾,那里有一片灰白色的悬霭,足有两艘泰坦尼克号那么大,我不知道那只蚊子是不是在那里。

他沉默了一会儿,突然开口说:"如果你是蜜蜂。"

我回头看他。他的皮肤怎么会那么黑?

他说:"我的意思是,假设那样,你是一只蜜蜂,你想当什么?"

我不知道。我说不清。也许我可以当一只工蜂,用带毒的螫保卫自己的巢穴。但只有我自己知道,其实我想当蜂王。

他说:"是一个孩子问我的问题,我想了整整十年,一直没想明白。"

我觉得,他应该点上一支雪茄。但我没劝他回去取他的家什。我觉得他还是坐着不动好。

他说:"想听故事吗?"

我还能说什么?

"我有一个孩子。"他停了一会儿,好像在看台阶下有什么东西,然后他继续说,"曾经有,是个5岁的男孩,他被我宠坏了。上天知道我有多么宠他。"

我懂。

"生活不容易,这你知道,但他是个让人疼爱的孩子。"他说,"每天早晨起来,我都会走到窗前,推开窗看看外面。不是看我的森林,是更远的地方,那里有无数华而不实的事情,那些事我全都不知道。我就像一棵没有脑子的栗叶栎，只知道一件事，如果失去了现在的生活，一切将变得毫无意义。"

这个我也懂。

"孩子长得很英俊，眼睛大大的，喜欢留头发，说什么也不肯剃掉。知道为什么？这样他就好用长头发来掩藏总是好奇瞪着的眼睛了。你知道，那些生下来就害病的孩子，他们大都这样，人们管这个叫羞涩。"他无声地笑了一下，"你也知道，孩子这种小生命，他们就像一些想游到大海里去的小鱼，总是急匆匆地从你身边跑开，能有什么办法？你只能在他们还没长大的时候，让你的溪涧流得尽可能缓慢一点，别下太多的雨，别让水浑浊了，这样他们会轻松得多。"

我静静地坐在那里听他讲。我不知道他在说什么。我只知道，讲这个故事对他很重要。

"孩子不想上学，一天书也没读过。他喜欢大海。我是山里长大的，从没离开过那里，没见过大海，孩子也没见过，天晓得，他打哪儿知道有大海这种东西的。"他说，"那一年，他过生日。他的每一年生日都是在透析机下度过的。他非常害怕。他问我，爸爸，大海边有没有透析机？他和医生商量，能不能把透析机搬到大海边去，他愿意一整天都乖乖地躺在透析机下。我是个乡巴佬，包了两百亩林子，靠山吃饭，这孩子的病把我折腾垮了。可就是那一次，我答应他，等他病治好，我就带他到海边，我们从此住在大海边，再也不离开。"

这是个好主意。可是，我觉得我们什么也保护不了。那些我们爱着的人，他们总是匆匆从我们身边走开，去别的地方，去我们不知道的地方，或者去不了的地方，不让我们保护，这就是人生。

"孩子喜欢去山上玩。那真是一片好林子，原来光秃秃的，不到十年，我就让它成林了。你在林子里看不到裸土，它们全被各种各样的树木遮盖住，你一定会感到好奇，觉得心里怪痒痒的，想知道我是怎么做到的。"他轻轻地笑出声，"他一个人。我是说，孩子，他从来没有伴。村里所有的孩子都躲着他。他在林子里和失去了母亲的野兔说话，帮掉下树的雏鸟回到树上。他是个让人伤神的小家伙。他给一只摔断了腿的马驹子喂刨破了丢在地里的土豆，给一棵被雷劈中的大青冈树举办葬礼。谁也没有教过他，但他天生就会那个，我是说，他伸开腿坐在那儿，劝找不到巢穴的鼹鼠和他一起学习吃桑葚，他把自己弄得就像血水染过一遍的小人儿，你说，他是怎么做到的？"

是啊，那孩子是怎么做到的？我想我自己，想家乡破落的老宅子前，那条日夜流淌的小河，一些树叶在水草丛中打着转，一些小眼睛黑鱼跳跃起来，去看草叶上长着漂亮鳞翅的沼尺蛾，一只巨喙鹈鹕傻傻地沿着河面跑过，把一条河都踩破了。

"我不是个好爸爸。"他说，拘谨地挪了挪身子，"我不会当爸爸，我揍过他。不是为桑葚的事，那件事我掺和不上。他想和我一起存钱，每天只肯吃一顿，这样我们就能快一点看到大海了。我骂他，揍他，用绳子把他绑起来，往他嘴里塞煮熟的土豆。他委屈得要命，哭得很厉害，被土豆噎得差点背过气去。但他还是坚持跟我去医院。"他停下来，好像在回忆，好像在等待什么，然后他说，"他长得和他妈一样，简直是一个模子里刻出来的。可惜，她没有看到他长到5岁后的样子，他有多英俊。她太着急了。"

我知道他在说什么。他在说可惜。我想到了躲藏在葵涌野花丛中的那只蝴蝶。我们都太着急了。我们总是太着急。

他沉默了，不再说什么。

我坐了一会儿，抬头看天。那里有一轮月亮，它真的亮起来了，把整个夜空都挤满，大得不可思议。

我想伸手去握住他的手。他的手臂被晒得脱了一层皮，也许远不止那么多。他这一生都经历了什么？但我没有伸出手。

我希望生活就这样，停留在最好的时刻。

我希望碗儿能够续上被我打断的梦。我希望再过一会儿，海风能离开海面，到海湾这边来，它们不用谁邀请，涌上沙滩，径直穿过游艇码头，和满院子正在醒来的植物们交融嬉戏。

我希望我和碗儿，我们每天都做爱，做无数次爱。

太阳升起来的时候，我们离开海滨，准备返回市区。

我把车开出地库，停在门口的金盏花道上。

邻居刚从海湾里回来，在台阶上抖落脚上的沙子。他看了我们一眼，低头专心地抖沙子。

我猜想，他攒着的手心里有几只还没长大的、被鲸鱼鳍推上沙滩的乳头玉螺、台湾枣螺和爱神蛤。也许他的沙滩短裤口袋里还藏着一只潮湿的薄壳杀手芋螺，真要这样，那个脸色不好的孩子就能听见大海深处的声音了。

我还知道，他家里有一只巨大的、颜色雪白的、肋骨强壮的砗磲，它一定藏在什么地方，那个男孩子欢快无比地住在他漂亮的海巢里，身边堆满了心爱的贝壳。

碗儿把婴儿车推出来。我检查完轮胎，朝台阶上走去。我们总会到海边来，丁香会喜欢这个地方。我走向碗儿。我决定做这样一个策划，寻找一个心急的女人，不管这些年她经历了什么，她都可以来深圳东部的山海边，这里有一栋雪白的属于一个5岁男孩的海王宫。她可以试着来敲敲门，看看能不能敲开宫殿的大门，看看那个男孩，他有多英俊。

我站在碗儿身边。碗儿朝那边看了一眼，又看了一眼。她说："去抱抱他。"是吗？她说："他爱我们。"

我说:"你去。"

她向我投来多情的一瞥,婴儿车交到我手里,走下台阶,向准备进屋的 NO 走去。我把丁香从婴儿车里抱起来,眼里涌满泪水。你们知道,我有多么嫉妒!

2012 年 5 月 5 日

于深圳彩云路

一直走到
莲花山

彩田路西、新洲路东、莲花路南、红荔路北,那是莲花山。城市若是肉身,从任何一条血管出发,往心脏走,别问路,一直走,就能走到莲花山。

在这座城市,任何人都知道莲花山,没有它,毗邻的市民中心就像一堆茫然的积木,人们也会茫然,不知道自己在哪里,是谁。女孩一直想弄明白,知道莲花山的人,有多少知道莲花山的棕榈林,又有多少人像她一样,隔一段时间就会来一趟莲花山,远远看一眼棕榈林。

女孩在关山月美术馆下车,前行几步,进入大红门。若非重要人物到来,私家车一律泊在北山脚下的停车场,由眯着眼斜睨人的懒散保安看管。自行车除外。

莲花山大到没有道理,一山的树,看不见山那边,连山路也在几十米外学会了躲藏,不走近,不知道拐向何处。下午三点钟以后,太阳没有那么刺眼,空气中的花粉多了,一路上都有人打着大大小小的喷嚏。

分开山风,和高举气球往前跑的孩子、一对相互埋怨的老人、一个站在那儿发呆的年轻军人擦肩而过,女孩沿小路往里走。不上山,山上是雕塑广场,此山不止一个广场,还有风筝广场,以及大大小小别的广场,全都屏气凝神,藏匿在植被深处。山间生长有大片的凤凰木和木棉树,夏初时分,凤凰木开花,一地落英,人从林间走过,出来便成花人。木棉花开得稍早些,花开时，唯看漫山红花，不见一片绿叶，绿叶衬红花的说法，到了木棉花这里说不通。

女孩去的正是风筝广场。广场离大门不远，周遭曲曲折折，围着婆娑的大王椰、火焰木、风铃木、海南红豆。广场上的草地被反复践踏了千万次，气色早已绝迹了，通常有几个日练的绸衣中年人，在天空中悬凝不动的风筝下，一本正经地打着陈氏太极，或者操一把精气全无的粉红扇，形迹可疑地舞来舞去。有时候，女孩会心不在焉，站在小树林外的草地上看一会儿，等姗姗来迟的对方；倘若情绪不高，打不起精神，就此扭头离去，不见对方的面，以后小姨若问起来，说几句歉意的话，事情也就打住，不再纠缠。

今天不同，对方很重要，是海归优质男，在腾讯做客户终端；双方都怕见了白见，煞心情，事先在QQ里聊了几次，还算有感觉，于是决定见一面试试。

女孩站在风筝广场上，朝东边看。

东边有一片棕榈林，树冠高到天上，树干上的鳞叶硬似木变石，敲起来嘣嘣响；林间四五座信息栏，上面一排排夹满征婚启事，全是剩女资料。启事写在一张张色彩渐变的白纸上，用铁夹子夹住，排着队挤在绿色信息栏上，可怜巴巴向未婚男们致敬，白配苍绿，样子很不好看。

棕榈林间很少有年轻人，大多睥来睨去的中年或老年，鲶鱼似的在棕榈树下游动，东啄一嘴西啄一嘴，探了脑袋研究那些纸片，再与卖鱼贩似的趿着人字拖的婚托们讨主意，若啄不出饵下的埋伏，再游去别处，换个对象啄；也不是自己找老伴儿，是为子女。

此时就有一对。中年男拿着照片，将中年女拉到边上，低眉顺眼介绍自家女儿：本科上的是二类，却是一类大学研究生，在华为海外公司做中级文员，上司很欣赏，几次说过重用的话。中年女不看照片，追着问，女孩个头多高，性格怎么样，有家庭遗传病吗，有没有泡夜店的恶习，是否整过容，真胸还是假胸。中年男不高兴，责备对方问题提得不礼貌，说见了面才知道凤绝还是凰妙。但不敢真发火。城市性别差数1比5，信息栏上全是女的，这都是事实，自己拿出来博弈的是那个5当中的，发不起火。

这种事女孩见多了，不怪，但并不真的知道背后的委屈艰辛。女孩有一个姨妈，年龄比自己大不了多少，在布吉做珠宝加工，长于切割抛光筛分，能够越过苍绿色信息栏，为她源源不断找来大堆人选：文艺男、科普男、瓦特男、赛金男、权力男、波德莱尔和纪德似的时装控，以及到情场上来找妈妈奶头的小公鸡。有一阵，女孩见面见得想呕吐。粗略计算了一下，近三个月，她见了二十多个，见到眼晕，觉得自己特别没有意思。等问过闺密中同道，才知道其实自己是小巫，人家一个月见三十个，工作牵扯走不开，周末补上，一天见三个，饭钱基本省下了。但也有运气不好的，约过几次都让人放了鸽子，一年下来见不上两个，或者见了一个，还被人骗了财色，落下的只有污秽。

女孩幸运，但和男人的见面总是无趣。经验中，双方见面，如果对方是自由职业，话题不论起自何处，几句话过后，自然滑向物质生活限制的慨叹，摆脱不掉的是对物质占有的贪婪和计算。如果是公务员，便是稻粱谋的辛苦，以及自尊和人格的委屈，背后却掩盖不住深入骨髓的权势热爱。换了商人，便是官商周旋的话，免不了狡诈套路，权钱交易，你拿我当鸡，我拿你当鸭。遇上知识分子，看似骄傲，实则是脆弱到底的精神苦闷，或者像怨怼到底的弃妇，或者连虚伪都不讲，直接扑向俗世的烂桃子，让人怀疑院校里的那盆水，怎么比社会上的更稠浓。这样的见面，大多见过一次，女孩就不想再见第二次。

女孩生活在坚硬的财富之乡，和多雨的外省之乡，需要和生活硬拗的力量，更需要对生活改弦更张的主意，都需要男人帮忙。城市里到处都是成功男人，或者还走在寻找成功路上的男人，走走停停，乱人入怀，躲闪不及，却偏偏没有乐天、调皮、锐敏之人。女孩反感在男人中穿梭往返，就算挑包也早挑花了眼；可是，挑上手的又全然用不上，还得继续挑下去，这种无奈经验，难与人道。就像好书，哪里又是好读的书，那些容易读下去，没有阅读困难的，全都让人打不起精神。女孩知道，寻偶之路半数为有理由地活下去，半数为成就自己的不甘，很多的狂热未必就是对的，但动意动性之外，真看中的必定是动情动心，这样即便是错，也让人错得坚定，不用给自己讲道理。现在，不是不讲道理，是道理无处讲，找不到对象让自己不讲道理，所以说，这是一个没有深爱的时代。

女孩见过一个，男方清华毕业，雅致疏落，气质不凡，在华侨城工作，年薪外带分红。对方年龄比女孩大一轮，谈过十来个女友，从未走入过家庭。两人交往了三五次，女孩认定他就是自己姗姗迟来的真命天子。那一次，女孩体贴，主动约在对方工作地附近见面。两人在"青瓷"茶舍落座，要了新上市的安徽产青茶，对方左顾右盼，和女孩谈了一会儿"旧天堂书吧"里新到的学术书，突然间，介不介意伪高潮？女孩愕然，被茶水呛住，伸手去纸巾杯里取纸巾。对方一脸平静地向女孩解释，他的工作，看上去眼花缭乱，其实有太多苦闷要周旋，工作之外，不会有更多的精气神留给她；但他知道，两人若在一起，需要各持道义责任，也有本事发出一等叫床声来迎合她，只是，他不会失去做人的准则，

骗她说真的有喜悦，所以要事先说清楚。女孩像当众挨了一记，响动着起身，连自己那份单都没付，人冲

到户外，耻辱地大哭了一场。女孩不会在协议中苛刻做爱的次数，但说到风流，自然要偶傥来配，那个资本不菲的成功男，只有一样和胡兰成相似，阅人无数，见新弑旧，却没有胡氏通透的风情和决绝的文字，自然不配胡氏一向践约的风流主张。

女孩在风筝广场上站着，棕榈林中好几个中年人看见了。女孩穿一件塞丽娜黑丝绸高领衫，下身一条黑灰色西奥里翻裤脚长裤，清风瘦骨，干干净净，惹人忍不住看了就想多看几眼。棕榈林中那些中年人纷纷放弃信息栏上的垂饵，快步过来，要与女孩搭讪。女孩扭头走开，撇下游近的老鲶鱼，去了远处的桃林里。

女孩不愿与态度轻浮之辈周旋，更不肯与索然无味者兜搭，况且是爹妈级别的婚姻超市买手。相对刻意的相亲，女孩更看重未必有意的见面，那种恍若隔界，遥相呼应，一切尽待瓜熟蒂落，却未必意在抱得美人归的漫步。但女孩懂事，知道自己三十有一，已经过了蓓蕾初绽的季节，连迎风户半开的怀春女子都不是了，说惨，只能靠一部《简·爱》来浇灌漫漫长夜中无疾而终的绮丽梦。何况，中下层劳动人民家庭出身的她，没有沉鱼落雁的容貌，差强人意读了个一类大学，学工科的，却在区政府领一份政务工资，偏偏又要坚持一份等待破茧的情怀，回到十年寒窗的学业上来。这样的她，无资无本，活得纠结，供她睥睨的目标本来就少；反过来，她看中了，也能够选择她来轻薄一番的，更是少之又少；如果两样加起来，数字几乎为零，而那几个珍禽异兽，又藏匿在茫茫人海中，让她去哪里找？她只能接受不断相亲的现实。

女孩已经不是青涩果子的少女。想当年，她是未经束缚的马驹子，没嚼子没鞍，野性难驯，想要收罗于胯下，跃身驾骑，且需一番惨绝搏斗。她第一次陷入情网，正是一次天倾地陷的征服。对方是她的老师，两个人豁出一切，都伤到极致，最终连说好剁断筋骨正经分手的力气都没有了。如今她已是熟女，见多识广，稔透个中礼教，在外人眼里属于虎狼之类，自己是欲望堡垒，攻打的也是欲望之城，色诱也好，霸王硬上弓也好，都是招数，没人相信除此之外还有什么。只有女孩自己知道，她还没有投降，不肯投降；她需要波提切利笔下的声色人物，那些忧伤多情的男人和女人，而不是圣人和神。有时候她绝望，想，下一个不论是谁，只求他别开口，什么话也不说，只管看着她微笑，继续微笑，坚持到她融消警戒，哪怕坚持到她习惯，她就索性阵前易帜，当了人家的俘虏。

但这样的事一次也没有出现。

女孩分枝避叶，在桃林中没有目的地走。桃林已过花期，清静到没有人，偶尔有一只栖歇的鸟儿扑翅飞起，钻出林子，让女孩发一会儿愣，站在那儿想心思。

有一次，是一个模具设计师，新浪潮男。两人见面，模具设计师和她谈法国电影和阿巴斯，她听得有趣，想自己该在什么时候悄悄进入，去回家的路上迎合他。不知道什么时候，话题转变，模具设计师开始谈自己的奋斗史，说到自己十来岁时，被哥哥摁在草垛子上鸡奸，那样的时间超过三年，以后凡是有意无意瞟过他臀部的客户，他都会在设计时投下暗器，往死里捉弄对方。模具设计师一边说一边流泪，用去了两人见面的所有时间和女孩包里的两包纸巾，也用去了女孩所有的忍耐。

女孩在男人的丛林中一路磕磕碰碰走来，碰得自伤自恋，至今仍是孤芳一株，咎由自取，也不怨谁，但她不喜欢男人哭诉痛苦，慨叹艰辛，自然也不会容忍怨幽之人，去做什么迎合。

还有一次，女孩见的是一个瓦特男，男孩子一双透亮的眼睛，一米八的个头，模样相当俊朗，女孩第一眼就动了心。那天，女孩觉得呼吸急促，满嘴芬芳，想要做一株种子光滑的香豆荚，或者一只翅粉频落的琉璃小灰蝶。两人谈得投机，一直谈到太阳收山，男孩子看一眼腕表，歉意地起身，表示到了健身时间，邀请女孩一同去健身房，晚上他请她去金逸看夜场的《赛德克·巴莱》。女孩看过四小时的"糟糕版"，为赛德克人的逼仄和决绝哭得稀里哗啦，但她不说，乖乖地跟去健身房，乖乖地坐在一堆器械旁，看男孩子把自己脱成肉鸡，在牵引器下大汗淋漓数到三百，再套上耳罩，随着罗宾·吉布的蓝眼灵魂乐疯狂踏车。女孩坐在那里，满眼都是男性胸脯、腹部、手臂和大腿拼贴成的暴力主义招贴画，想躲闪也躲闪不掉，一阵阵尿急。她和城市的年龄一般大，她自己早已过了做大庭广众中赤身裸体少女梦的年龄，城市也建立起井然秩序，但若把城市的脏腑打开，一轱辘红红绿绿，凶险毕涌，怎么看，看仔细了，却全是切割开再组装到一起的肢体和器官。健身房按照国际行业标准设计，中央空调气温适度，空气清新器24小时无声地工作，器械高档整洁，地面光可鉴人，女孩却觉得满室狼藉，没有落脚处。她想离开那里，去大厅里等稍后出现的逼仄孩子魏德圣。男孩不让，汗淋淋地令她坐在原地不动，生怕她忽略了他强健的肌腱，好像她是求肉若渴的万淫之妇，等着他完成全套程序训练，再来用余热浇灌她。女孩捏紧皮包带，夹紧两肘，眼神涣散，熬过两个钟，在男孩子心满意足地走进沐浴房时，她从器械上跳起来，穿过令人作呕的男性目光的凌辱，飞也似的逃离现场。

也有三十多岁还长粉刺的男人，空间里自称老派音乐骨灰，见了面却只字不提卡朋特、欧曼兄弟、比吉斯乐队、杰克逊五兄弟，直接问到女孩的性技，并且要求试睡一段时间，看看彼此性事的配合度。

女孩说不清楚，男人相貌千差万别，为什么一样自恋，个个自信心爆棚。不仅如此，刻意的浪漫，刻意的男子气概，刻意的姨娘腔，什么样的男人都有，唯独没有异禀之人。

女孩并不拿床事当不结盟手段。她不是女权赛场上的运动员，自然不会用辣手摧花落红点点的暴虐主义说事。她和男人上过床，也许几个、十几个，一时迷乱，到后来越发凌乱，连自己都说不清了。她厌恶青春期才该有的身体试验，老大一把年纪，玩捆绑游戏。她甚至越来越怀念第一次。那是一次强迫。两人莫名吵嘴，对方要离开，她追上去打了对方一耳光，对方发怒，撕碎她的衣裳，咬破她的嘴，泪水涂了她一脸。现在，她的生活里不但没有强奸，连诱奸都没有了，大家一脸茫然，直接奔目的地，连问一句"去我那儿喝点什么"的婉语都省掉了。

快五点时，来了一阵雨，雨点打在桃叶上索索作响，几只蓝灰色的透翅蝶在雨中吃力地飞起来，绕过桃叶，扑乱了稀释的阳光。女孩跑去一棵大树下站着，仰头看很高的树冠，看高空中的叶缘上，雨点渐渐聚大，再滑落下来，她探过脸去接，但雨很快去了别的地方。

有一个男人，堪称男人中的精品。他是混血儿，头发浓密整洁，一双超赞的长腿，有加西亚·马尔克斯那样的刻薄，和一点点哈罗德·布鲁姆的卖弄。他自己做一间平面设计公司，业余爱好纪录片，做过两部片子，一部是宠物纠结，一部是色情工作者生活，在朋友中传看，口碑不凡。她喜欢他。他们相处了半年，那是很长一段时间，长到不可思议。有一次，他带她去福田花卉市场，买了两只探头探脑的小猪鼻龟，他用红色塑料袋盛着它们，顶着烈日，穿过空旷的广场，走到河边，去把它们放掉。她站在烈日下的紫叶菜地里，看着那一幕，有些感动，也觉得好玩。和大多数男人比，他是睿智的，生活中时时都在涌现小情趣，更多的时候他爱自作主张，固执地做一件看起来不靠谱的事情。她想象自己就是一只小猪鼻龟，有朝一日，被混血儿男人一眼看中，从众龟中买下，拎在不够结实的塑料袋里，穿过烈日广场，放入清冽的河水，她快乐地在水中游来游去，让他安静地看。

第二个周末，混血儿又带她去花卉市场，买下两只小猪鼻龟，盛入塑料袋，穿过烈日广场，去河里放生。他绾起裤脚，从裤兜里掏出 iPhone4，拍下两只小龟入水的照片，传上微博。她愕然，觉得自己被拍了，被拍下来拿给不熟悉的人围观。以后每个周末，混血儿都带她去花卉市场买龟，龟放入河里的情景，他把它们拍成照片，或者视频，即刻发到微博上。很快就有人评论，他读着评论，蹲下去，再站起来，一脸愀然。女孩实在忍不住，觉得男人这样，跟现场报道死刑没有什么两样。她要求他终止这个行为，就算一定要买龟放生，至少别拍照。混血儿用马尔克斯刻薄的眼神看她一眼，再用布鲁姆的俏皮话打击她，日后继续，不受节制，并且不再带她去花卉市场。又过了一些日子，混血儿对她说，他参加了弘法寺的义工团队，打算拿自己的生活拍一部纪录片。女孩愤怒了，告诉他，装什么装，达·芬奇在佛罗伦萨也买过鸟儿来放，但他也在街头打过架，还偷过邻居家的东西。她从此和睿智男分了手。

雨早已停了，阳光渐渐西斜，女孩站在大树下，看远处风筝广场上日练的人收式，看棕榈林中的婚托们收拾家什，准备离去。女孩静静地站在那儿，不知自己该不该离开。

女孩一直困惑，这个世界有没有好男人。先前她不肯承认，在这个世界上根本不存在属于自己的男人这样的问题。她好奇过，他们都在哪里，为此她特意去了南山一个坊间著名的 GAY BAR。头一次，她被吧里的人侧目，第二次干脆被人家赶了出来。那两次经历并没有打击到女孩。她根本不喜欢那个充满甜蜜暧昧的地方，男色满目，男声盈耳，一众人鸟儿似的贴了耳朵说话，并着双膝端坐，翘着兰花指抽纸巾，其间没有令她动心的，不像人们说的，好男人都在吧里喝甜酒。但困惑一直在。

女孩这样，当然也见过几个中意男，但都与他们几番擦肩而过，除了那个混血的睿智男，差不多都是对方先撤走。女孩就经历过这么一个男人，而且受了打击。那个男人喜欢新古典主义，克尔曼和沃尔特·佩特这样的唯美主义，这正是女孩喜欢的。第一次见到女孩，新古典男就笑了，不是礼貌的笑，而是唐突的笑，笑出了声。女孩有点恼火，无端地整理衣裳。他止住笑，说他看明白了。她问明白什么。他说明白她。她说她有什么需要明白，连她自己都不明白，谁又能明白。其实女孩说了假话，她是明白的，她已经厌倦了太多的周旋，男人广告似的推销，器官和肢体展览，以及当代社会各阶层经济状况和奋斗经验分析，但她不会和人讨论。他说，她坐在那儿，指尖支着茶杯，既精致又紧张，其实挺可怜。她不明白，问她紧张什么。他说，与他见面，她看似不在状态，其实充满欲念和不安分。他说，人陷在孤独中，已经消解掉一切信仰、坚定、勇敢和力量，让人看不清，生活中狭隘却特殊的个性美，要从容捕捉和细细品味，才能尽得其妙。他说，所以，好的情人，不但要对配偶先天带来的一切包容，且要对后天的有意无意遮蔽具有超越的感知力。而最好的情人，则能够在爱人面前坦白邪恶，因为那正是对方也需要的，但必须在受到正确的引诱之后坦白出来的本性。否则面对的不是彼此的身体萎缩和心灵发霉，而是再也触摸不到自己和对方的敏感部位。

女孩被新古典男的一番话说得阵阵恼怒，系着大幅麻布围兜的茶少过来续水，她脸红得藏不住，有种被重重冒犯的感觉。新古典男知道这一点，茶少离去后，他请她别生气，他并非有意冒犯她，只是，她坐在那里的神情是内伤的，让他想到了这些，他认定他懂她，她也会懂他的话，而他所以说出来，其实说的不光是她，也是他自己。

路灯阑珊，开门回家，踢掉脚上的鞋，女孩什么也不想干，窝进沙发里想心事。她的确没想过，被他说了，说中了，她为这个恼怒。她赤脚下地，穿过冰冷的客厅，去冰箱里给自己拿零食，缩回沙发里重新窝住，往嘴里塞着百分之七十五的黑巧克力，再想自己的恼怒，咧嘴笑了。她不是恼怒他的话，而是他君临天下的口气，让人有当头挨了一棒的诧异。

那一次的经历真是奇妙得很，女孩有一种懂事之后才被清晰地生来这个世界，是个知道自己是谁的成熟婴儿的感觉。但新古典男从此消失，再也没有出现。

这样说，女孩是挨过男人欺负的。她也想过要欺负回来，最终没有实施。不是报复这件事无趣，而是对方无趣，不值得自己为他们勇敢一回。她真不是怕男人坏，甚至希望能够见识到坏出水平的男人。她对男人的爱，绝不排除爱其邪恶，只是中国没有阿部定，无值得的男根可割，况且骄傲地携带着招摇过市。

这座城市的男人志，真没有什么好书写的。据说三十年前不这样，三十年前，淘金时代，文化沙漠，那样的压抑中，却有着那么多爱的智者，那么多拥有大爱梦想和哭着闹着要求大体验的男人。那个年代，像什么都好奇的孩子，剥下城市的衣裳，到处都是要求复兴的文艺妖精，让人意马心猿。有了这样男人的城市，苍白反而做了艺术家和海盗的温床，对感性认识的不满足和对理性精神的不忠实，反而制造出炸弹，爽呆了一个禁欲时代。女孩真该生在那个年代，可她却偏偏是那个年代的出生儿，等到她长大了，健康男人的王朝已经由盛及衰，由衰到烂，烂到女人不可以承受之轻，成了一个时代一座城市的殉葬品。她正是过着这种日子，很久没有过惊讶，隔些日子，手偶尔还会在小腹下运动一回，心肠却早就冷透了，不再幻想奇迹的出现。她经常无声无息地哭泣，人坐着或躺着，嘴里尝到一种咸味，但又不知道为什么哭泣，只是这样的事情没有人知道。不是她拒绝让人知道，是没有那个机会。

五点钟，太阳躲进云彩里，约定见面的时间到了。女孩离开大树的荫盖，走向风筝广场。山风径直而来，撩起女孩的额发。女孩在远远走进大红门向草地走来的几个人影中寻找，心想，今天要见的人，会不会在这些人当中，如果在，离开了全媒体时代的PC风，他会是什么样子。她想不出来，但确定会一眼认出对方。

女孩觉得好奇怪，万物竞存，人熟知的不过是少量的一些，即使那样，同样的事物叠加有度，亦真亦幻，也够人寻思了，可这座城市一千八百万人，半数男人，三分之一适龄，再三分之一未婚，却怎么都只数得出那几种。

一片落叶被山风带到草地上，从女孩头顶掠过。女孩突然觉得一阵恐惧，她想象将要到来的那个见面的场面，对方气喘吁吁，手里举着两支蛋筒，马拉松似的奔来。她不必迎上去，他会找到她。他跑了这么远的路，一定渴透了，他会瞬间吞下手中的蛋筒，盯着他给她的，如今在她手中的那支颓掉的蛋筒，然后再盯她。他眼睛明亮，鼻尖上浮着一层细微的汗珠，大多男人都如此，那会让她害怕。

女孩想，她害怕他什么？她知道这个答案，从来就知道，只是她从来没有对人说起过——她害怕孤独，更害怕对方喜欢上她。他只要等她吃完蛋筒，往前跨两步，急促地塞给她一张之前准备好的纸巾，等她揩拭掉手上的奶油，再把他刚刚拿过冰激凌的手搭在她的肩头上，她平静的生活就彻底毁掉了。

女孩下意识地朝后退了两步，踩着软软的草稞发呆。她想，男人是生命中躲不掉的，但他们真的就是必需品吗？她想，她为什么要来棕榈林呢，她是来向谁致敬？她想，他们不会理解，他就没有理解她的意思，以为她打算离开那里，这样他会跟上来，反而靠近了两步。她知道事情一定会这样，他已经喜欢上她了，他只要伸出手臂，把高大的身子向下倾那么一尺，搂住她的肩膀，只要那么做，她相信自己就会让他那么做，同时闭上眼睛，屏住呼吸，接受他的凌辱。只要她妥协一次，他就会要求第二次，第三次他会升级，通过手来做一些她无法接受的事情，接下来，灾难就开始了。

她知道草地不是没有尽头，不能再退，他永远不会理解，而她无法对他说出埋伏在两人之间的那个危险。她转过身去，把背留给他，借故去看草坪上根本不存在的一只雏鸟，让他去猜那个谜。但那样并没有让她好过一些。她把视线里的绿地想象成一张生硬的新床，新床的保护膜还没来得及去掉，但已经是阴险的遭遇地了。他知道那是什么。他会从身后上来，彻底环住她，把她搂进怀里，粗鲁地亲吻她的脸颊。他的手像裙楼，会在她的背胛骨处锁紧，防范她挣脱开他入侵的舌头。她倒下时，未及拆开的保护膜贴住了她的脖子，让她非常不舒服；他的膝盖硌疼了她大腿的一侧，手迫不及待地盖住她的胸部。

男人更多的是麻烦和入侵，也许比这个更多。想一想，一旦他得逞，从草地上站起来，爱惜地捡掉粘在她背上的草叶，牵着她的手走进她的生活，他就成了她的主人。他会要求她脱下高跟鞋，配合他的内增高皮鞋；

他会要求除了在他要她的时候,连睡觉时她都得穿着束腹裤,防止赘肉的出现;他会查看她的微博关注对象,装作只是把玩耳机塞,打听她闺密与老公吵架的内容,尤其在她来例假的那几天。

最纠结的还不是这个,将来有一天,总会有那么一天,一个——最好那样——嘤嘤哭泣的孩子不由分说地出现在她的生活中,令人惊心胆战地管她叫"妈妈",从此,她就失去了精心保护的自己。她将臃肿无度,乳房耷拉,衣襟上满是奶味;她要带着他(她)挤过肺炎和癌症病人,去和麻木不仁的医生吵架;为幼儿园学位,对一些九十年代出生的小丫头低声下气;在少年宫外焦灼的太阳下顶着报纸,和枯黄的头发上散发着蚝腥味的海产品出口加工企业女工情绪激动地讨论可能出现的作弊名次;为挑选不含添加剂的营养品跑遍全城的超市……

女孩害怕得几乎窒息过去。她真的不该来这儿看什么棕榈林。她以为自己是在向棕榈林告别,以为这样的告别才是她需要的,她错了。她缩紧胳膊,为自己的幼稚彻底羞愧,然后突然启步,快速穿过大片草地,向公园门口的大红门走去。

她清楚地知道一件事,不过是下了一场雨,不过是来看过一次只有红花没有绿叶的红棉花,不过是多想了一点,不管愿不愿意,过几天,她还要来。

作为女孩,她不过是一滴正在干涸的血,无论向北,向东,向西,向南,她会沿着城市的任何一条血管,一直走到莲花山。

2012年5月23日

于深圳彩云路

如何走进欢乐谷

深夜2点27分，电话响了，我被电话铃声闹醒的时候注意到床头柜上的时间，比前天晚了12分钟，比昨天晚了31分钟。脑门隐隐作痛，但我知道那是谁打来的。电话铃执拗不断，我把自己从床上弄起来，过去打开窗户，深深吸进一口沁凉的空气，回到床上，用被单蒙住自己，重新闭上眼睛，拿起话筒。

是亢燮，我认识几个月的女友。她在一家慈善基金会任文职，做一些诸如和"星星儿童"或者"玻璃人"民间组织联络的事情。认识她的人告诉我，她没有过去那么焦虑，气色比之前好多了。我认识她时间短，不太理解这个说法，难道她不是一如既往地红润和安静？

直到三天前发生了那起跟踪事件。

"我不明白他们想干什么，他们为什么要那样做，他们想把我怎么样？"电话一接通，亢燮就急匆匆地在那头说，声音像是被什么东西挟持着，有些变形。我能想象到这个时候她是什么样子，她烦躁不安，非常害怕，无助地站在那里，用一只手掌捂住前额，这是她的习惯性动作，好像那样做她就能撑住不让自己倒下。

"你没喝酒吧？"我听见她点燃打火机，喷出一口烟，烟从话筒上冲开，就像海浪从礁石上冲开。我觉得如果她真的想戒掉一切依赖物品，应该连这个也一起戒掉。

"你知道我戒了快一年了，不用谁测酒精仪。"她说的是酒，我认识她的时候她基本上算是它的情人，"你在听我说话吗？"她声音很大，显得凌乱不堪。这几天她正忙着一件大事，她的基金会为一家自闭症儿童组织弄到了两匹美洲矮种马，它们是那种温顺的小家伙，但性格有些羞涩，需要和孩子们建立起彼此相识的关系。她为这个忙得晕了头，有些累。

"在听。这次看清楚了，他是谁？"我问。

"没看清，等我回过头看，他立刻隐进黑暗里，我没敢停下，把车直接开进了地库，车库保安送我进的电梯。"

她急匆匆地形容当时的情况，事发地点仍然是香梅路和红荔西路交叉路口，她在返回"水榭花都"公寓时，再度被那个阴险狡猾的无名者跟踪。在我听来，那是一部僵尸片的剧情，晃动的街道，路上空无一人，充当雾气的氮气沿着地面缓慢流动，车灯划开道路两旁茂密的植物隔离带，一双燃着磷火的眼睛突然出现，然后……

"知道当时我的感觉吗？诡异，然后我的灵魂被什么东西给吸走了，我就是被这种感觉击中了。"

"也许那里什么也没有，是你过于紧张。你累了。"

我一说出这话就后悔了。她不会连续三天都紧张。看来新鲜空气吸入得不够，我得把整座窗户都卸下来。

"我再也受不了了，他们应该知道，我并没有去任何一家同行公司。"她大声冲着话筒喊叫，带着哭音。可以想象她神经质地把香烟摁熄在卫生间的瓷砖上，她总是在那里和我通电话，"他们完全可以直截了当地警告我，让我把嘴闭上，或者命令我回去继续为他们工作。"

第一次她就告诉我，是她曾经服务的那家公司派人跟踪她。那是一家非常有名的公司，在我认识她之前半年，也就是她满28岁那一天，她辞去了海外部的职务。那是一份年薪不错、待遇也不错的工作，不然她住不进"水榭花都"这样均价七万多的高档小区。但她需要做一些让人难以承受的事情，一直如此，直到她再也承受不住。我们认识之后，她生气地责问我躲到什么地方去了，为什么不早认识她半年，这样就不至于所有的亲人和朋友都说她辞掉那份工作是疯了。我不知道该怎么回答她，但如果可能，我愿意更早一些认识她，在她22岁的时候，或者还要早，在她18岁那一年认识她，这样她就不会整整6年都过着放荡不羁的生活，再用剩下的6年为组织做一些非法的生意，然后逐渐被组织冷落和抛弃，而我也会躲开一段痛苦的感情经历。可这的确不是我的错。

"冷静一点，天就要亮了，一切都会好起来。"我安慰她说，空出一只手把被单拉上来遮住自己，不让冷空气钻进来。

"好像我什么事情都没做似的，"她对我的反应很不满意,"我在屋里走来走去,整整两个小时,现在缩在墙角里。我不想把你从梦里叫醒,我没疯。"

"亢燮,你在卫生间吗?"我不知道还能怎么说。

"还能在哪儿?我想去你那儿,可我不能一辈子都被人跟踪,"她绝望极了,"难道我不可以一个人在夜里去天鹅堡湿地或者海边走走?"

"当然,"我说,"当然可以。我可以去你那儿。我这就起来穿衣裳。"我想,这么做也许能解决问题,但我不确定。

"别来。你来了我也不会开门。他就在门外,那个人随时都会进来,他的雨披下藏着凶器,他会杀了我,他知道怎么做能轻易地切割开一个人的气管。"她烦躁得要命,我能听见她拿着无线话筒在卫生间走来走去的声音,另一只手一定扶在额头上。

"好吧,好吧。你别紧张,我们报警。"我在心里叹息一声。和很多人比起来,我可以说相当顺利,从学校走上社会没过几年就不再为生计发愁,而且能够判断出未来的生活大致是什么样子的,假使不算上婚姻这件事情,以及别的一些事情的话。我无法了解她此刻的心情。"好了,按我说的做,洗个热水澡,上床,天一亮我就带你去警局。"

"别指望我任人宰割,现在我就去,我这就去。我知道他在哪儿,他们在哪儿。"她歇斯底里,思路跳跃得厉害,"他们拦不住我。我知道他对他的玉貔貅有多么在意,我会把它推倒在大理石地上,它会摔得粉碎,就像我现在一样。"

我睁开眼睛。黑暗刺痛了它们。我知道亢燮不是随便说说,自从她前男友用一把剪花草的剪刀摘除掉她右脚的小趾之后,她再也不穿高跟鞋,而且对一切威胁都保持着过激的反应。我一直劝她去看心理医生,看看她的躁狂抑郁症到了哪一步,她坚决拒绝了。想到切尔诺贝利核电站爆炸后几十年弥漫不散的放射性元素造成的心理伤害,只要和她在一起,我只能小心回避任何关于高跟鞋的话题,并且尽可能做到不刺激她。

不可能继续睡了。我打开床头灯,起身取过丢了一地的衣裳。

半个小时后,亢燮给我开了门。她头发凌乱,眼睛睁得很大,看我的目光是僵直的,弄得我下意识地回头看,是不是有一双燃着幽暗磷火的眼睛贴在背上。

亢燮很快把自己安置回客厅的一个角落里。她已经在那里为自己垒起了一座马其顿防线——五只几何图案的沙发抱枕。她连衣裳都没有换,还穿着白天那身海蓝色套装,如此爱干净的她,看上去疲惫不堪,一绺长发潦草地顺着清瘦的脸颊垂落下来。她光着脚。

我进了厨房,在冰箱里找到一大筒冰激凌,那种用某种神奇的小虫子的尸体做成的安慰剂。亢燮没有坚持，在吃掉大约四十克的冰激凌后，她松弛下来，缩在抱枕城堡中，把脸埋在冰激凌筒上，无声地啜泣，好像她活了这么久，已经尽心了，耗光了所有的力气，却仍然摆脱不掉什么恐惧的东西无休止的勒索，绝望到没有了章法。

我把冰激凌筒从那个脆弱的人儿怀里收掉，放回冰箱里，在不锈钢水槽中慢慢洗了一把脸，用盒纸吸去脸上的水珠，回到客厅，拆卸掉抱枕城堡，把亢燮从角落里捞出来，抱到沙发上。她一直在我怀里发抖，但很快睡着了，一只手揪着我的头发不肯松开。我则一动不动地坐在沙发上，用手握住她那只缺少了小趾头的脚。只有在她沉睡的时候，我才可以这么做。

亢燮的前男友非常迷恋她漂亮的脚，只要她穿高跟鞋，他就会像灌了水的耗子那样哼哼地来高潮。他在香港的一次嘉年华活动中为她竞拍下一双限量版水晶鞋，鞋有些瘦，她穿不进去，于是有了开头的那一幕，他去地下室工具房里翻出一把锈掉的花草剪，回到她身边。在他们的组织里，这是一种对付拒不接受命令者的办法，这样做没有人能够看到创伤。

我很奇怪亢燮当时的反应。她没有叫。漂亮的小趾头像一个终于逃离掉兄姊妹纠缠的顽童，在柚木地板上飞快地滑开时，她只是吃惊地看着她的前男友，好像不明白他为什么要赶走那只小趾头，为什么在丢下手中的花草剪前,会把那双漂亮的时装鞋小心翼翼地移开。她是在当天夜里才大哭着从梦里惊醒过来的。在被悲伤彻底击垮之前,她先陷入了比悲伤更深的那个世界。

有一段时间,我犹豫不决,不知道是否应该从亢燮身边离开。我们都承受不了那么沉重的东西,或者能承受,但接下来的事情会更加糟糕。但我摆脱不了一种变态的心境,那种认定最美丽的,也是最脆弱的,并且受到过深深伤害的认识。怎么说呢,亢燮是那种身材娇小,凹凸有致,却尽可能把身体优势处理得波澜不惊的女人。我迷恋这个。亢燮也知道,与其说我是喜欢,不如说是着迷一切深藏不露的事物。她有足够的聪明,知道我俩在这方面可以说是臭味相投——在我看上去如同沉船木一般结实的躯体下,掩藏着多么巨大的胆怯。她戏谑地为我俩取了个名字,她管这叫"藏龙卧虎"。

"好好观察'我'吧。"

我们在床上的时候,亢燮坚持用雪白的床单严实地遮住我俩的身体,再用她的身体遮住我。我厚着脸皮要揭开床单,她用警告的目光嘘住我,拿起我的手放在她光滑的腰椎上。

"对我身体的想法很多,是不是呀?现在你可以观察'我'了。我警告你,你不会有机会用眼睛来观察,穿上衣服的时候'我'就消失了。"

她告诉我她是怎么想的。人的肉体是有思想的,她指的是在大脑之外,身体并不被动地存在,它会要求丰富和饱满,有时候那甚至是混乱和恣荡的经历。人们的大脑明明完成了理性对冲动的战胜,但却眼睁睁地任由肉体断绳而去,那种愕然和对自我质疑后产生的空茫,谁又仔细想过?

我不确信自己能做好什么,这也是认识我之后,亢夑十分困惑的一件事。她认为我什么问题也没有,至少没有我自己说的那么严重。她能举出无数例子,来证明我对自己的判断是错误的。她认为我那么做不过是想要引起她的重视,或者说过度的怜惜。

"完全没有必要,我已经够爱你了,为这个我对自己非常失望,都快要到不满意的程度了,"她瞪着湿漉漉的眼睛对我说,"你总不会认为我还在 18 岁,非让我换上学生制服来崇拜你吧?那太可笑了。"

但我就是这么想的。我前妻离开我之后去了澳洲,她在那里很快证明她离开我有多么正确。八个月时间,她得到的成功和赞赏比和我在一起的九年时间里得到的要多出一倍,也许还不止。那已经是很多年以前的事情了,我不明白,事情过去了这么久,我为什么还在过去的生活里躲躲藏藏,不肯出来?记得有一次,姐姐的孩子豌豆来深圳,闹着让我带她去欢乐谷坐太空梭,我坐在那里,看着那个初中生老半天,对"欢乐"两个字始终反应不过来。事后我上网查过"欢乐"这两个字,它其实没有那么复杂,但我仍然没有明白。我觉得自己还是有问题。

认识亢燮以后,我俩讨论过有关"欢乐"的事。她很肯定在她周边不存在这样的人。人们都很紧张,离成功的金字塔尖越近,那里的失败和癌症守兽越多,这也是为什么她会放弃精彩的人生,去一家慈善机构做一名普通文职的原因。我不大确定,不知道欲望和贪婪无度算不算,或者欢乐谷门前那条铺着碎石的漫长小路上的徘徊。我俩没有在分别和共同的范畴内找到任何结论。我们总不能告诉对方,或者告诉自己,它就和天堂一样好,只不过它不叫天堂。

上午9点多钟,亢燮醒来,我有机会活动一下麻木的四肢。我们没有离开沙发,靠着彼此的肩头说了一会儿话。她起来去给同事打电话的时候,我为她磨了一杯豆浆,要求她去洗一个热水澡,再正规地睡上一觉,去床上。

然后我穿上外套,去了事发地点。

我沿着香梅路走了一个来回,在路口的红绿灯亮起来的时候,站到马路当中去,转着身子向两边看。等待红绿灯的车辆里的人们用奇怪的目光打量我,我猜他们认为我是在寻找离家出走的高压锅。我笑了。现在我可以判断出了什么事情。

亢燮夜里11点或12点驾着她那辆红色的福特跑车返回"水榭花都",当她驾车从红荔西路拐上香梅路,并且即将进入"水榭花都"的时候,"他"从路东那片茂密的阔叶榕树林,或者路西那片高大的大王椰林中突然现身,快速跟上她,让她大惊失色。但"他"不是跟踪者。亢燮忽略了移动的车灯射出的光束投向路边树林和树林空间时造成的连续性光差,福特跑车的前照灯采用的是重金属灯,由氙气产生的超强电弧光类似白昼里的阳光,它所发出的光照亮度是普通卤素灯的两倍,它能使驾驶者在第一时间捕捉到固定不动的树木在移动的光束中出现的一连串变幻不定的影子,你可以称这些影子为无常,也可以称它为莫测,不管叫它什么,它都不是前公司派出的跟踪者。

是车灯的光照和路边的树木共同制造了那场所谓的跟踪阴谋。

亢燮醒来之前,我给马昆打了电话,他是我在咨询公司里的合伙人,我们搭档有几年了。我告诉他自己今天不去写字楼了,并且委托他处理华为集团的那件中层干部培训案。然后我去了超市,在问清楚原捕地是黄岩岛而非深圳湾之后,买下一条芝麻斑。深圳湾的鱼鲜重金属成百倍超标,我希望亢燮能离它远一点。我还买了一棵产自粤东山区的水芹和两三朵鲜百合,到目前为止,它们还在剧毒农药和蔬菜防腐剂控制的范围外。

回到"水榭花都"的时候,亢燮已经起来了,她换了一件白色双 C 标志的香奈儿衬衣,一条同样品牌的休闲短裤，头发刚洗过，在脑后挽成发髻，把自己收拾得焕然一新。她是那种决不向糟糕生活妥协的勇敢女人，她甚至不会报复昨天发生过的一切，包括那把锈掉的花草剪。我在厨房里忙碌，很快做出两碟精致小菜，那条来自黄岩岛的海鱼用料酒和葱丝去掉了海洋的神秘感，只保留下古老家园的体贴，清蒸的味道更容易让受到惊吓的人类接受。

我有意选择时机，在两个人说完马昆的妻子杜丽通过了签证那件事之后，把话题转到亢燮下午要做的事情上。那些目光深邃的天才孩子将第一次抚摸那两匹有着阿帕卢萨马斑纹的漂亮的小家伙，然后他们会骑上它俩，由慈善基金会专门请来的训导员带着走一圈，这是一件了不起的大事。我从亢燮嘴边摘掉一颗饭粒，安慰有点紧张的她，让她放松。我告诉她，我见过作为导盲马的美洲矮种马，如果世界上有最佳哥哥或姐姐大赛，它们一定会拿冠军，而不是人类。亢燮轻松下来，在吃饭的时间里没有去碰香烟和打火机，这时我不经意地说到在香梅路上的发现。我的意思是，漂亮的矮种马要登场，更多的成年人在办理各种名目的移民，事情没有那么糟糕，那个庞大的非法集团有数不清的生意要做，还要应付来自南欧和北非令人头疼的债权债务关系，他们根本不在乎一个昔日不过属于可有可无并且已经失去了利用功能的过气小职员是否整天在安排一些天才儿童和他们的天使小马做亲子游戏，他们没有时间、精力和作案目的，不在作案现场。

"我们不可能说动园林部门把香梅路上的树林移到别的地方去，也不可能违反交规，在黑夜中关上汽车的前照灯，"我用尽量轻松的口气说，"但我们可以不理睬氙气灯划过树林时制造出的投影。"

亢燮看着我，不明白我在说什么，但她很快明白了。她用手将湿头发归拢在耳朵两侧，笑了起来。

"我不想惹你生气，也不想给谁添麻烦，"她把那双刚刚归拢过秀发的手放在我的手背上，看着我说，"我想讨你开心，如果这样做会让你高兴，我会戒掉香烟，穿你喜欢牌子的内衣，什么都不穿也可以，但我想不受打扰地呼吸。我是说，我想安静地生活，没人来打扰。"

我知道我失败了，在长达 6 年的放浪形骸和同样长时间的鬼蜮纠缠生活之后，她不会那么轻易地走出警戒线。还能怎么样？我决定让事情继续下去，我来做她的保镖，直到我们都看清楚那个"跟踪者"为止。

整个下午，我都坐在育新学校拓展训练场边，看孩子们和矮种马如何相识。那是一个昔日的农场，如今被改造成一所特殊的半军事化学校，用来教育一些"问题"少年，也兼做社会拓展训练基地。那些目光始终在更远的地方的孩子，他们在"义工联"工作人员带领下，一个个走向两匹矮种马，伸手抚摸它们，脸上露出少见的好奇，那个场景让我感到无比温馨。

亢燮和"义工联"工作人员修订完矮种马移交报告的条款细节已经很晚了，我们从光明新区返回市里时，时间大约在夜里 12 点。为了保证观察不受影响，仍然由亢燮开车，我在副驾座上。车从红荔西路拐上香梅路之后，亢燮开始显出焦虑。我把一只手放在她手上，她的手和方向盘一样冷，但我们已经看到"水榭花都"那块巨大的赭红色草书 logo 的牌楼了。

福特跑车突然摇晃了一下，好像一阵台风刮过。

"他在那儿！"她尖锐地朝我喊。

我也看到了那个阴险的跟踪者。不是车灯制造的影子，那个跟踪者就在那儿，在香梅路西侧那片大王椰林中，但准确地说，不是他，而是它。它站在两棵高大的大王椰树之间，因为车灯反射的原因，目光幽绿，有什么东西随着夜风从它身上飘散开。

"我说过他在那儿！"亢燮几近失控。

"停车。"我对她说。

亢燮根本不可能把车停下来，她差点撞上站在车辆入口警示杆旁的那个保安。我借她在入口处打卡的机会，拉开车门下了车。

"去抓住他，别让那个浑蛋跑掉！"红色福特跑车飞速消失在车库入口，亢燮的话不像是她说的，而像是车库说出来的。

我朝大王椰林跑去，一边脱去外套。我想也许会有一番搏斗。一名在入口处值班的保安跟了上来，车辆放行亭里的保安也出来了。我表示用不着，什么也没发生，让他们停在原地。等我冲过草地隔离带，跑到大王椰林后，神秘的跟踪者已经消失在马路对面那片阔叶榕树林中了。但这已经足够了，我看清楚了它。

亢燮根本不相信我的话，她认为我只是在安慰她。

"我不会让人从后面勒住我的脖子，如果你不肯干，我就自己去警局！"她在客厅里走来走去，神经质地抓起一只抱枕抱在怀里，然后再丢开，"别挡着我，我呼吸不过来！"

"安静点，亢燮，没有人会勒你的脖子，我知道那是什么，"我试图让她平息下来，"我已经说过了，它只是一只失去了主人的狗，一只流浪狗。"

她什么也不肯听，往门外冲。我抱住她。她拼命挣脱，在我胳膊上留下一排咬痕，刺痛穿透我的骨髓，但很快就结束了。看起来我俩都完好无损，可就像那只被花草剪剪掉的小趾头一样，有什么从柚木地板上滑开，它提示说，我们都有一些不肯示人的暗伤，它们从来没有离开过我们，这就是"藏龙卧虎"的真正危险。

那天晚上的情况糟糕极了，亢燮说什么都不肯去冲凉，也不肯安静地坐下来，无论我怎么向她解释，她都以激烈的情绪和言辞反驳我。她拒绝我的拥抱，在屋里走来走去，不断拨通电话，然后是另一个，第三个。听上去，对方都是男性，头一个是她的律师，第二个是朋友，最后一个，要是我没猜错，大概是个干湿活①的，她以前认识的，有过业务联系。她情绪激动，思路混乱，语速非常快，要律师为她准备法律文件，和朋友商量对策，与杀手讨论反戈计划。她红着脸，但不是那种害羞的红晕，眸子中失去了我熟悉的甜蜜。

认识我之前，亢燮重新回到混乱的日子里，有那么几天时间，也许十几天、几十天，好几个来头复杂的男性在她周边往返厮杀，血气冲天，那段日子她和魔鬼没有什么两样，直到我俩认识。我也一样，在经历了一段不堪的情感后，把自己浸泡在酒精里。那些日子杜丽非常讨厌我，她不让我踏进她整洁自重的家，害怕我的抑郁情绪传染马昆，她甚至要马昆终止公司的正常运转，和我分道扬镳。我就是在那个时候打上了K粉，那真是忘掉一切烦恼的虚无时光，直到马昆发现我在干这个，把我狠狠地揍了一顿，就在公司办公室里，他把自己的无名指都打断了。他浑身发抖，握着断掉的手指威胁我说，如果我打算打K把自己打成傻子，他就先把我揍成傻子。我没有和亢燮谈过这件事。我们都没谈过自己的事，那没有什么意思。

---

① 黑道杀手。

我知道，必须阻止亢燮这样下去，如果做不到，她会再度回到昔日混乱的生活中，继续与生活缠绕厮杀；她正在这么干，并且已经接近迫害妄想症的滑梯顶端了，如果不拦住她，她会不可遏止地滑下去，那个时候就晚了，无论是我还是认识她的人，我们再也不会找到她。

我给马昆打了电话，向他请长假。马昆不看好我和亢燮的事，他们两口子曾经和我谈到天亮，我为这个痛恨他们。为了避免马昆另外的手指断掉，我还是大致说了发生了什么。我抱歉地告诉他，愿意接受年终分红比例的调整，希望他尽可能给我更多的时间，让我结束这件事情。

"你不会告诉我，你要拯救爱情吧？"他在电话里慎重地问，听得出他并不赞成我把自己陷进去。背景声嘈杂，他一定忙得屁滚尿流。

"不，"我说，"拯救我自己。"然后我挂断了电话。

我没有告诉他，自从认识亢燮之后，我越来越多次数地观察流水和浮萍。流水和浮萍互为生命，岁月和人互为生命，看不见岁月的人不成其为人。我也没有告诉他，自从认识亢燮之后，我的脑子里一直有个声音在反复地问，有多少孩子与你擦肩而过？他们去了哪儿？为什么？

我在"水榭花都"门口堵住了那个闻上去一股须后水味道的律师，以及那个看上去比种马还要疲惫的收债代理人,告诉他俩,我的女友什么也不需要,以后也不会麻烦他们。他们像刚屙出来的新鲜马粪,头上冒着热气,不解地看着我。我知道他们会不可思议,他们的客户言之凿凿地说她遭到了威胁,要求他们帮助她结束这场阴险的胁迫;她的男友却告诉他们什么事情都没有发生,他们可以回家去照料窗台上那盆干净得无聊的发财树,这算怎么回事?

"我得打电话问问,那个漂亮的傻×脸蛋在保险受益人栏里写上了谁的名字。"律师会这么想。

"爱死爱活,老子忙着呐。"收债代理会这么想。

他们还真想对了。

但我的做法激怒了亢燮。

"我现在知道你是谁了,你是他们派来的。"她把手从额头上拿开,愤怒地冲我喊,"他们干吗不干脆点,让你直接干掉我,然后制造一起情杀现场?你跟踪我多久了?你还需要告诉他们一些什么?"

她问得好,我也想知道,但这些问题太复杂,我回答不上来。

二月初,灰霾一直笼罩着内地大多数城市和乡村,感谢耳朵眼上穿着两条黄蛇的海神禺京[①],或者不廷胡

[①] 中国神话中的上古海神。《山海经·大荒东经》:"东海之渚中有神,人面鸟身,珥两黄蛇,践两黄蛇,名曰禺䝞。黄帝生禺䝞,禺䝞生禺京,禺京处北海,禺䝞处东海,是为海神。"

余①，或者别的什么主宰，托他们的福，深圳逃脱了被灰尘淹没的噩运。人们在忙着另一场规模浩大的逃亡，有几百万人和老板结束了龙年契约，在返回内地的公路和航线上，广深和深惠高速路上已经出现了积压车流，有一家五口人刚出城就被撞死在车里，还有更多人即将夭折在返乡途中。而我则潜伏在香梅路上，等待那只制造了恐吓案的流浪狗再度出现。整整一个星期，那只狗没有现身，它好像知道我在等待它，于是故意回避我。"水榭花都"的物业管理委员会给亢燮打电话，他们的保安人员担心夜里我在那里的蛇形出没和鸮式守候让业主产生极为不良的负面暗示，对于准备过年的业主来说，这可是一件不体面的事情。

亢燮冷漠地为我的身份做了担保，她告诉他们，我是她的男友，犯了病，走火入魔了，她希望保安人员在不使用暴力的前提下把我从那个地方撵走。我换了地方，继续守候，在马路对面，那里有一大片阔叶榕树林，还有一条僻静的落满树叶的小路，它们不属于"水榭花都"的物业，那些人总不至于穿过马路朝我走来，礼貌地要我滚到别的地方去吧。

小年那天，整座城市充满了年节的气氛，人们嘴角挂着麻糖的糖霜，在家里忙着扫年和祭灶。我没去送到天帝那儿打小报告的灶神爷，把自己裹在一件厚厚的羽

---

① 中国神话传说中的南海神。

绒服里，忍受着两顿饭没吃的饥饿，在小路上跺着脚守了大半天。夜里11点多钟，它出现了，从我身后那片榕树林中钻出来，朝马路对面的"水榭花都"走去。现在我看清楚了，那是一只被称作"波索尔"的俄国猎狼犬，它身材高挑，线条优雅，全身覆盖着白色的披毛，巨大的长尾巴拖垂在身后，个头至少在80厘米左右，因为长时间的户外生活，头上和颈部的毛发显得很脏，冰挂似拖曳下来。看到我之后，它警觉地站住，稍稍埋下头。因为待在寒夜里的时间太久，我的脚趾失去了知觉。我跳跃地冲过小路，朝它奔去。它穿过马路，速度之快，和它的俄语名字一样①，眨眼消失在新洲路方向。我没能追上它，但还是用手机拍下了它的照片。

"离得太远，图片不太清晰，"我哆嗦着调整清晰度，尽量把效果调到最好状态，让亢燮看手机上它的照片，"城市最大的少数族裔群落，它们和我们共同生活在这座城市里，它们和我们一样，分成家养和流浪两种，你明白了吗？"她不知道发生了什么事情，但我知道。"它的确在那儿，可你绝不会把它看成一个穿着黑色风衣的消瘦型冷面男子，对吗？"

亢燮根本不在乎我的手指有多么僵硬，是否应该在小年夜来上一大盘糖瓜和一大摞火烧，填补几乎成了两层皮的饥肠辘辘的胃；她双颊绯红，目光直直地看着

---

① 猎狼犬的名字borzoi，俄语意思是快捷。

我，丢在一旁的一册《芭莎艺术》极度困惑地散乱着书页，Bazaar明星慈善夜①的明星们一个个滚到沙发上。

"你为什么要骗我？你为什么会在这儿？"她回过头去四处看，好像有什么东西，它能够变形，已经顺着门缝弥漫进屋里了，然后她回过头，给了我一个绝望的微笑，"我要你离开，别插手我的事。"

"别这样。"我说，我希望她能把眼睛闭上一小会儿，想一想，难道她没看出来，我也是她的一只手，我在扶住她的额头，不让她倒下？"我们能把事情弄清楚，我们会做到的。"

"已经够清楚了，唯一不清楚的是你为什么要这样？你还要怎么样？"她根本不听我的任何解释，过去拉开门，把我往门外推。我只在一种情况下遇到过这种事，我前妻失控的时候。

"去找你信任的人，试试让他们看看，他们会告诉你这是什么。"我在挣扎，"你总有还可以相信的人。"

"别把它塞到我手上，我会把它砸碎成一千万块。"她厌恶地让开我递向她的手机，把我推出门，门发出地球爆炸那么大的响动，在我身后轰然关上。

接下来的一天，我非常忙碌。我试图通过网络查到那只波索尔的资料，网站已经关闭了。我找到主管部门

---

① 由《芭莎艺术》杂志举办的中国顶级年度慈善活动，参加者多为演艺界、体育界明星及企业家。

的城市管理行政执法局，他们正在分配年节食品，一些直接从农场采购来，未经工业处理的大米和豆油，看上去很忙。他们认为，作为一名公民，我尚未取得合法的调查一只流浪狗的权利。我和他们争吵起来，结果是我被他们当作不受欢迎的人攘出了大门。他们警告我，如果我还在那儿继续纠缠，他们将以妨碍公务和滋扰政府机构为事由报警。

亢燮没有再次见过那只让她陷入疯狂的流浪狗，在我追踪它的那些日子里，她对它越来越憎恶。我们在凉台上争论，在床上争吵，她哭喊着撕破我的外套，我把杯子砸碎在凉台上，吼叫让邻居闭嘴，然后去洗手间撒尿，她从后面冲进来抱住我，我们在那里疯狂地做爱。

她拒绝我再去她那儿，在电话里要我停下来，别再表演给她看，直到事情彻底改变。我们谈到分手时都很冷静，她希望我从她的视线中消失，就是说，离开她的生活，别再给她增加负担。我当然可以求她，可以放弃正在做的事情，和她站到一起，指认这个世界对我们的攻击，而不是我们自己出了问题，但我怎么都无法欺骗她，告诉她我真的做得到。还能怎么样？我知道这个，我当时就知道我们完了，她那样做是有道理的。我无法确定她是否知道她和我下一步该干什么，但我们结束了。我们不欠对方什么，说别的都没有必要。

我穿上被她撕破的外套，离开了"水榭花都"。那一天没有风,天空是凝固的,出租车载我走出一段,又返回来,我去地库里取出自己的车,发动机打着火的时候像在哭泣。亢燮不会在我身后追寻我留在地上逐渐拉长的身影,看也没用,我还在那儿,只是在她眼里越变越小。她是一个在努力往前走的人,她痛恨,而且害怕回头看一切生命的溃疡。

两天之后,我终于托一位朋友在动物防疫监督所查到了那只波索尔的资料。它叫西皮,晶片号上的身份是"俄国牧羊犬8902",雄性,出生于2009年2月,主人的名字叫牟少校,自由职业,管理费只交纳了2009年一年,从2010年起就没有管理费交纳和免疫证明的开出记录了,因为没有注射预防疫苗,它不再被允许乘坐任何交通工具,也不再享有出售和赠予的权利,用不着办理过户手续。

那一天是腊月二十七,是水日,"二十七洗疚疾,二十八洗邋遢",我既没有洗衣裳也没有洗澡,浑身脏兮兮的,家里落满了灰尘,我带着一年的晦气,近似疯狂地寻找着西皮的线索。我打通了资料上留下的主人电话,电话通了,没有人接。整整两天,我不断拨打那个号码,每一次电话都通了,但从来没有人接过。我按照资料上留下的地址找到主人牟少校的家,那是景田万科金色家园背后一个业主成分复杂的城中村住宅小区,已经有些年头了,它逃过了旧城改造工程,十分不景气地淹没在繁华的大街背后。牟少校不在家,门上贴着一些零乱的水电费催交单,看得出来,主人很久没有回来过。内地整整一个月笼罩在雾霾的天气里,也许他消失在那些戴着口罩紧锁眉头的人群当中了。

西皮呢?我不清楚它为什么会穿过数条街道,连续出现在香梅路上,那里到底发生过什么,让它难以离去,或者有什么与它关联着,它必须出现在那里?

大年三十那天早上,整座城市几乎成了空城,人们都回内地过年了,我第五次去牟少校家,希望出现奇迹。但没有,牟少校没有回家过年,他和他的家互相抛弃了对方。鬼迷心窍,我用一根找来的铁棍去撬那个覆盖着尘土的大门上的锁。我被人们当场抓住。小区的人早就注意上我了。他们对我这种人到大年三十了还不快滚还敢大白天破门行窃的事非常愤怒,在人们的围观下,我被押上警车,之前免不了挨几下拳脚。

审问我的警员是个疲惫不堪的年轻人,有一对明显的大小耳,看上去挺喜庆,但他气色不好,说话很冲。走进审讯室后,他不耐烦地把卷宗甩在桌子上,我猜要是不配合他,我会再吃一些皮肉苦。他看上去十分憔悴,憔悴到已经不健康了。他一直没有弄明白我要干什么,照他看,牟少校的家里除了半尺厚的灰尘,没有任何东西人们能够带走,这增加了他的烦躁情结。我听见隔壁有人在大声叫喊叫,"我会让钟馗吓死你们",然后是什么东西被推倒的碰撞声，接下来一切声音都消失了，像一部断了片的电影。有一阵，我觉得憔悴的年轻警员已经决定给我点教训了，但这件事没有发生，讯问很快结束了。

"小时候我养过狗，忘了是什么时候的事。"憔悴的年轻警员把宝珠笔套进笔套，用力揿睛明穴，好像那里藏着一笔不小的过年利是，他那样揿能把它们揿出来，"如果我没弄错，你说的这只狗，它叫什么来着"？

"西皮。"我说。

"我没问你名字，名字我知道，我问品种。"他满脸不高兴。

"波索尔，俄国猎狼犬，一种依靠视力而非嗅觉生存的追踪犬。"

"它是那种个性拘谨而固执的家伙，对吧？"他看着我，用求教的口气问。

"我不知道我这么说你会不会揍我的脸，兄弟，"我冒着极大的风险说，"你肯定是个耳朵根子软的男人，怕老婆，或者女朋友。"我觉得我肯定疯了，"要是你看见它在田野中追逐动物的样子，看见它抬起脑袋，小心翼翼地去嗅飞过去的蝴蝶留下的粉末痕迹的话，你就知道它有多么活泼和开朗，它比你们警局的礼仪兵更绅士。"

他看了我好半天，那期间他停下打哈欠，一次也没有，然后他把面前的纸推向我。"你说得对，我真让我老婆拿住了。"他咧开嘴笑,"老兄,名字签这儿,很不幸,你得在里面迎接蛇年了。"

在笔录上签过名,留下案底,我被转到看守所执行治安拘留15天的处罚。"大小耳"交代接手的警官,我这个家伙有点怪,但知道不少事,让他的同事对我客气点。然后他告诉我,不光他怕他老婆,他老婆也怕他。

"她怕我哪天一头栽倒在岗位上,她就得为我们的孩子找后爸了。"

我不觉得他说那样的话有什么恶意,实际上恰恰相反,15天之后,他在看守所门口等着我,告诉我今天恰好不怎么忙,他被允许在家休假一天,他离开警局回家,顺道来看看我。

"这些天,我老在想你说的事,那个名叫西皮的波索尔,我上网查过它。"他还是那么憔悴,不过好一些了,也许元宵节这一天他可以不带老婆去看花展,而是利用它好好睡一觉,"不知为什么,我觉得它的样子挺像我。"他有些拿不准,目光询问地看着我,"你觉得呢?我是不是累出毛病了?"

"我觉得不是。"我诚恳地说。我不是指累,而是毛病。

"那就好。"他递给我一张纸条,取下帽子抠了抠歪着的脑袋,再戴上帽子,人显得有些羞涩,"也没什么,见到西皮替我问声好,我叫李江,十八子李,水工江,就说一个名叫李江的警察托你问候它。"

那张纸条是从审讯记录簿上撕下来的,上面写着牟少校最新的地址,龙华一家精神病医院。

我把纸条仔细收起来,明白发生了什么事情。牟少校离开了正常的生活轨道,这就是西皮成为流浪狗的原因。

我想到在看守所时,有几个家伙找我的麻烦,他们不知打哪儿知道我是一个撬门锁的贼,他们正在发掘这种人才,约我出去以后找个地方好好聊聊。我知道不可能,我不是他们要找的人,不然也不会被人抓住了,再说我希望回到正常的生活中去,很遗憾不能和他们共谋发展大业。

我觉得应该把西皮的事情告诉亢燮。我还是忍不住想念她。我认为她应该知道发生了什么。没有跟踪者,这个时代人们不会再对人这种东西感兴趣,除非他们恰好成了人们在急匆匆前往路上的绊脚石。我隐隐约约感到,她的麻烦会比这个更大,昔日的恐惧把她慑伏住了,这还是其次,她习惯那种恣肆的生活,就像吸毒的人,你知道那样做不好,但你摆脱不掉,正如她告诉我的,在明明完成了理性对冲动的支配之后,却眼睁睁地任由肉体断绳而去。我止不住地想象,此刻,她正孤立无援地站在一片空茫的白头芦花中,愕然地看着四周浑浊恣荡的洪水正在漫上来。她也许会在汪洋到来时惊慌失措地呼喊我的名字，而我应该在她嗓子嘶哑之前赶到她的身边去。

我去了"水榭花都"。她不在自己的巢穴里。我拨打她的电话。她已经把我设为免打扰名单。我想她会在哪儿。她在这座城市中没有亲人。我想到一个地方，有一次我们开车出去，路过那里，她突然浑身发抖，目光发直，像是中了魔法。那里能看到深圳河。如果没人告诉你，你会觉得那是一条水泥筑起的大水渠。

我去了那儿。一条小巷子，隔着老远都能闻到浓重的香烛味，朱砂色大门上有18枚巨大的黑色铜钉，门檐下吊着6只陈旧的红色灯笼，门口蹲着两尊嘲笑般看人的玉料貔貅，奇怪的是，离它不远就是一处军队的驻地，让人觉得，某个拍喜剧的剧组应该来这儿选择场景。

亢夒果然在那儿。她再度回到昔日的生活中。不同的是，她没有和她过去的老板在一起，而是和另外三个衣着严谨的男人，其中之一就是那个比种马还疲惫的收债代理。他们正在商量什么，脸色严峻到无法生长出一棵草——要知道，在鸟儿屙粒屎蛋也能长出一片树林的深圳，这违反了自然规律。

亢夒毫无表情地看着我，连"滚开，离我远点"这样的话也没有说，反倒是那个职业收债经理，他像处理自己的家务事，张罗我到角落里贴墙站好，把一口浓痰吐到我鞋子上。他把我推倒在地,踹了我两脚,再耐心地拉起来。他打我耳光,不怎么疼,是那种带了一点嘲讽和戏弄的打,就像大多数人少不更事时都干过的,用一只肮脏的扫帚抽一只池塘边笨拙爬动的乌龟。另外两个男人不耐烦地看着这一幕,再扭头看亢燮,其中一个男人手里把玩着一只黑乎乎的家伙,要是我没猜错,那是一支小巧的手枪。大概他们在等待她的吩咐,看怎么处理我。亢燮一句话也不说,也许她想听到我说点什么,比如"你们别想让我离开她,除非我死"。或者换一种诗歌朗诵的方式,"抛弃她的方式对我来说只有一种,我死了"。但我没那么说。我不想死,即使生活不那么遂心,即使她打算破釜沉舟,和旧主子火拼一场,我仍然想活下来。我不想让她误解了我的意思。有一会儿她抬起一只手扶住额头,把身子转过去,我知道她烦到了极点,然后她示意那个经理人停下来,让他把我赶走。

我回到新闻路玫瑰园公寓的时候,天已经黑了,在进入小区的时候,我站住了,慢慢回头。我看见了西皮。它站在马路对面,利用一只果皮箱作遮掩物,这样就能摆脱街道上路人的注意。它真是一个漂亮的家伙,雪白的底毛,背腰上有几片大块的黑色,脸颊和耳朵是黑色的,鼻子和眼睛也是黑色的,四肢强壮,前腿笔直有力,细长的背弓似的弯曲着,腰部以下向上升高,使身体形成优美的曲线。我不知道它怎么会出现在这里，它怎么才能做到；它好像是在等我，好像它知道我为它经历了什么，它有愧疚，要过来表示一下。可它嗅觉不怎么样，比其他犬种差不少，它根本不知道我在号子里度过了一个美好而记忆深刻的春节，它是怎么穿过半个城区找到我，而且是在白天，难道这些日子它一直守在玫瑰园小区的门前？

但也许这都是我的自以为是，就像我和亢夒，我俩谁也不欠谁的，她完全可以站在那儿任由人抽我，西皮也不欠任何人，它根本用不着这么做。

我离开小区大门，朝西皮走去。它稍稍抬起脑袋，用温顺而警觉的眼睛看着我，因为眼睑和头上的毛发过长，它的眼睛被遮掩了一部分，显得好像眯缝着。我站下来。我们还隔着一条小路，但我觉得它希望我那样，希望我别过去。它谦卑地低垂下头，有一阵我们都在聆听，夜风在小街上四处寻找，它们很快就会找到我们。然后，西皮抬起头，看了我一眼，带着一种高贵的矜持扭过身去，快速离开，一眨眼消失在新闻路的另一头。那些夜风终于找到了地方，一路欢快地吹动着地上的纸屑过来，从脚背而起拥抱了我，但它们并不知道，它曾经来过这儿。

元宵节一整天我都没有出门，我做了一次大扫除，把七八件外套塞进洗衣机里，为自己泡了一道好茶，还为自己煮了一锅材料丰富的好粥。我看了一会儿电视节目，去网上溜达了一圈，听见离着不远的地方，有大填料的爆竹声哔啵响起。

下午的时候马昆来了。我相信他知道我这个年去哪儿过的，但他没有提，就像什么事情也没发生过，我也不想把晦气带给他，我们都好自为之。他为我带来一些自己做的汤圆，是杜丽的手艺。她已经怀上了他俩的第二个孩子，并且在年前顺利完成了移民手续。那孩子会在另一个国家出生，得到良好的成长保障，但他们不希望他（她）改变国籍。

我们坐在那儿喝茶。我给他讲我和亢夔的故事。亢夔的感情经历比我简单得多，我至少有过三次垮掉，每一次都是千疮百孔，再慢慢把自己修复一新，这些事情马昆大多都知道。亢夔只经历过一次，但那一次她去的地方是地狱，到现在她还待在那儿，灵魂仍被扣押在魔鬼的手中。

马昆离开的时候天已经黑了，窗外的焰火照亮了夜空。他把外套拿在手里，再换到另一只手上，想说什么没说，然后他拍了拍我的肩膀，就那么出了门。过了一会儿，手机响了，我接通电话。

"我猜测，流浪狗不止西皮一个，它们太多了，你和亢夔也是，别指望能走出多远。"马昆在电话那头说，"下周我让公司为你摆一桌接风酒，我们好好喝一顿。"

我没有说话，把电话挂断，去厨房煮汤圆。圆润的汤圆在不锈钢锅里缓慢起舞，托举它们的清水像是滞住了，你会觉得它们是活着的，那是另一维度的生命。马昆和杜丽会有一个团圆的元宵节，他俩会噘着嘴把汤圆吹凉，用小到迷你的勺子送到对方嘴里，糖芯在牙齿合上之后会沿着齿缝弥漫开，他们一时无法说出对对方的迷恋，这是一定的，但我不会再回到公司，这也是一定的。

第二天，我去了龙华。假期结束了，人们回到城市里，在工厂、公司和机关开始新一年的打拼。城市把原本散落在山林、平原、河流冲击地的人们聚集在一起，却又让他们陷入困境，孤立无援，生活像城市一样过于拥挤，某些东西时时让人碰得头破血流，这就是人们无法拆掉内心厚厚的保护层的原因。这有点像亢燮使用的香水，它有一种拒人于千里之外的冷漠，如果你不能所向披靡地横冲直撞，那就只能学会躲避和龟缩。人们真该告诉自己坚硬起来，像建筑一样。没有任何一座建筑会向人们诉说疼痛。但那又是为什么呢？

我在精神病医院遇到了阻碍。他们不打算接待我，同时拒绝让我见正在接受强制性治疗的牟少校。医政科的一位中年女职员对我的不懂事和固执纠缠非常生气，她用17部委联合下发的《全国精神卫生工作体系发展纲要》中的"依法管理"原则警告我，我的做法已经出现了"导致危害公共安全和他人人身安全的行为"苗头，好像她刚刚看过联网办公资料里关于我两天前才结束执行的案底记录。我被毫不客气地赶出医院，只是在我的苦苦请求之下，她才不耐烦地在电脑上替我查到了无监护人记录的36岁的自由职业者牟少校的入院时间，那是2009年7月4日，而他的发病历史至少比这个时间多出两年。我同时记住了她在对我进行精神病社会学常识教育时提到的一个流行病学调查数据：在这座城市里，心理障碍、心境恶劣障碍、焦虑障碍、物质使用障碍、酒精使用障碍、精神病性障碍和特殊恐惧症的人数高达17.3%，就是说，至少有90万精神分裂症病人、360万抑郁症病人默默无闻地生活和游动在我们的身边，也许我和她正是其中之一。

回家的路上，我想到在精神病医院和动物防疫检验所得到的两组资料，我被一件事情弄糊涂了。牟少校的入院时间是2009年7月4日，他的发病时间至少在2007年，而动物防疫检验所的资料上说，西皮出生于2009年2月，也就是说，牟少校的发病史至少比西皮的生命史长出一年多，面对充满狂躁情结和攻击性行为，同时又没有任何监护人在场的前自由职业者，刚刚离开娘胎的西皮如何摆脱伤害，安全地长大？在西皮从小犬长成成年犬的大多数时间中，正是牟少校抵近临界，最终崩溃入院的那段时间，他们之间肯定发生过一些什么，但那究竟是什么，已无人知晓。

很快，我从糊涂中摆脱出来。我突然明白了一件事，西皮未必是在牟少校身边长大的，也许事情是这样的，当2009年7月4日（这一天是美利坚合众国的独立日）牟少校被人带离家中送进精神病院的时候，西皮已经离开了他，这也印证了为什么牟少校只为它交纳了一年的管理费，之后再也没有续交过，也没有免疫证明的开出记录。就是说，这条脖子上被晶卡注射器打进一块晶片的猎狼犬，在2009年7月4日，或者比这更早的时间，已经带着那块人类留给它的永久性痕迹，摆脱了人类制订的城市管理体系，从井然有序的规则中出走，成为一名城市文明的逃亡者了。

牟少校疯了，西皮出逃了，这就是2009年发生在这座城市里的一个事件，只是，这座城市里每天都在发生不计其数的事件，没人关心疯掉和出逃这种小事罢了。

那天晚上，我把知道的关于西皮的故事、关于牟少校的故事，以及那个流行病学的调查数据写下来，发进了亢夔的邮箱。

春节过后，我没有回到公司。我在正常的生活之外游荡。我沿着大街往前走，街上有数不清的人，在城市的各个角落里，这样的人更多，他们每个人的额头上都写着"失败者"，他们在与我擦肩而过时会麻木不仁地看我一眼,好像每个人都在说,这不是我的生活。但他们没有一个愿意离开,仍然生活在这座城市里,仍然在打拼或者煎熬。

马昆十分体谅我,他偶尔会从办公室或者家里给我打一个电话,说一些业务上的事,或者别的什么事。有时候,电话那头会换成杜丽,她用甜蜜的口气给我唠叨一些胎动的感受,她告诉我,在是否让我做他们第二个孩子教父的问题上,她和马昆产生了巨大的分歧,并因此拌了嘴,马昆坚持我来做孩子的教父,杜丽反对,她的理由是孩子会从我这儿学到一些不好的习惯,比如他(她)的眉头会像我一样随时紧锁,要是那样,她就不活了。杜丽的唠叨逗得我哈哈大笑,但他俩都没有提到亢燮和西皮,马昆也没有再提出让我回公司上班的事。

我和西皮又见过两次面,一次是在景田牟少校家不远,一次是在莲花山公园。在景田那次,西皮在过马路。路上的车辆很多,人行横道两边积压了不少等待过马路的行人,那中间甚至有两个牵着宠物狗的。西皮快速出现在景田地铁站巨大的排气柜前,没怎么往两边看,它下了马路,根本没有理会任何车辆和行人,几乎是一眨眼间,它已经在马路的另一边了,而马路上的来往车辆并没有引起骚乱。我完全被西皮的表现征服了,它和那些宠物狗不同,宠物狗的生存能力大多很差,离开人就完蛋,它们甚至不会过马路,它们中间的很多会被过往的车辆撞死撞伤,这样的事情每天都在发生。

西皮过了马路后在那儿站下来,回头看了一眼,我觉得它是在看我,但它并没有因为我们之间的际遇做出过多惊讶的表情。它的样子十分严肃,这可能和它长长的脸有关系,它的长相就很严肃,看它的样子,我觉得它心里装着什么事情。我不知道它是不是像它的相貌那样警觉和聪明,猎狼犬以好眼力著称,所以它总是能够比我更早地发现我。我也看它,隔着马路。我看见有三个年轻人从妇儿大厦那边过来,两男一女,男的穿着印有卡通像的街舞夹克,女的穿黑色连裤袜,外面套了一条牛仔短裤,他们注意到了西皮,被漂亮的它诱惑,看上去,他们想要抓住它,商量着向它包抄过去。那个少女尖着嗓子大叫,两个男青年勇敢地跳下人行道。

我笑坏了。那是怎样的西皮呀,它就像自己的名字一样,站在那儿没动,只是把细长的背优雅地弓起来,等到两个男青年跑近,反身向马路这边奔来。它就像梭子鱼一般灵活,等那三个青年脸色苍白地躲闪着穿过急刹住的车流跑到马路这边来的时候,它已经再度返回到马路的那一边,站在人行道上安静地看他们,而他们则大喘着粗气,被车流堵在马路这边干瞪眼。我哈哈大笑,捧着肚子坐到地上,眼泪都出来了。我笑了一会儿,不笑了,起身走开。在那之前,西皮已经离开了。我知道没有人能够抓住西皮,它洞悉这个世界,有自尊心，生活能力极强，不会上谁的当；它已经彻底地颠覆了人和犬的关系。

回到家后，我在邮件里把当天看到的事告诉了亢燮。我告诉她，1842年，沙皇把猎狼犬作为礼物送给亚历山德拉公主的时候，波索尔犬第一次离开俄国寒冷的大地，从此开始了它的逃亡之路，之前它被强迫与北方大陆的长毛犬交配，之后它被强迫与诺福克的可利犬交配，但它始终没有屈服，一直在逃避人类。它用略带忧伤的坚定目光告诉人们，在小丑与王子的角色中，它永远选择做后者。我还告诉亢燮，现在我明白了西皮为什么选择做一只流浪狗，而不是一只宠物狗。它必须躲避，但它无法掩杀内心的狂野和骄傲，于是它选择牺牲狗粮和主人的宠爱，离家出走，它就是不想花大把的时间把自己变得认不出来。一旦明白了这些事情，我在内心里对它充满了敬佩。

春天来得很快，凤凰木相继在城市的大街小巷中绽放，南太平洋的气候开始变幻多端，回南天很快就要到来了。有时候我会想起亢燮。我想她现在在干什么。我在想，她会不会接受我的建议，去看过心理医生，并且从医生那里得到一些善意的指点。我还想过那些天才儿童，以及那两匹温顺的小马，现在他们应该是亲密无间的朋友了。我不知道亢燮会不会去看他们，在我的想象里，不管亢燮在干什么，她一定是一副受困惑的样子，一只手扶在额头上，看着什么地方出神，像是在想一件再也无法回忆起来的事情，她会做出一连串努力保持平衡的动作，在某种难以扭转的劣势中挣扎。

我一想到这个就会难过。

那天晚上，我去了"水榭花都"。我沿着新洲路走，跟随夜风拐进香梅路，在"水榭花都"的商业街上徘徊。那里有一家物业中介，落地窗上贴满了广告，"水榭花都168平方米，1700万元"，以及别的什么楼盘的信息。两个穿着正规的售楼员在门口站着说话。

"你以为2007年已经结束了？"他们在谈论上一次，也是这一次，直到现在还没有结束的经济危机，"人们已经被它榨干了，没有谁再傻到急匆匆扛着麻袋往你怀里砸钱。我真是怀念那个日子。"

我离开那里，向前走去。我在想我怀念的日子，怀念和亢燮在一起的短短几个月。6个月零9天吧，如果我没有记错。有时候，我们会坐在某个地方，头顶是过于遥远的繁星，我们十指相交，有一搭没一搭地谈着莫名其妙的话题，一颗流星从我们的头顶划过，像是急匆匆赶着回家，她会抬头去寻找它，然后看着我突然微笑，如果我问起来，她会困惑地摇头，说不知道笑什么。我知道她说的是真的，她从不会在自己的问题上欺骗任何人，包括我。我知道那颗流星迟早能回到家，它会找到路。

春天到来的时候，我再一次见到了西皮。是在莲花山公园。我去那儿走走，顺便晒晒太阳。西皮也在那儿，它是在那儿玩，就它一只狗，气呼呼追着一张被风吹动的彩色纸片。我站在那里看它。即使是玩，它长长的嘴仍然显出严肃的样子。它以极快的速度和超凡的勇气高高跃起，扑向彩色纸片，把它扑出老远，接着再扑，一刻也不停下。我知道那是它的游戏，它没有放弃，在追逐狼群时，它正是以无比的敏捷和压倒性的速度控制住猎物，让它成为无可挑剔的猎狼犬。

我没有打扰它。我觉得它肯定喜欢自己玩，安静地玩。我在离它几十米远的风筝草地上坐下，继续看它，阳光很快浸满了我的全身。

大约20分钟后，另一些狗和它们的主人来到草地上。我在他们中间遇到了一个认识西皮的人。他是一个干巴巴的中年人，看上去50岁左右。他也认识我，我被警察抓住的时候，他就在现场，隔着一道窗玻璃看着我被押上警车。这让我想到了警官李江，我不知道他是否还那么憔悴。

中年人告诉我，西皮两个月大的时候被牟少校带到家里来，它是一个严肃的小东西，干什么都很认真，牟少校很依赖它，他俩的关系十分奇怪，他总是拎着一条绳子去追它，向它投掷东西，而它却到处躲藏，不让他抓住。西皮永远很严肃，不摇尾巴，不高兴，不亦步亦趋，不依赖主人，也不向狂躁的主人屈服。它很少待在家里，每天都在外面玩，有时候连续好几天都不回家，但谁也不知道它去了什么地方。人们在很多地方都能看见它，作为它的主人，牟少校总是从别人的嘴里听到它的事情——它匆匆忙忙地过马路，它追逐一辆灰色的汽车，它在红树林的草地上趴着晒太阳，它站在海边长时间地看落日……有时候它会回来，牟少校在楼下喂它，它吃完东西，继续在楼下玩，一会儿就不见了。几个月后，牟少校被人送走，西皮也就消失了，不再出现在小区里。

现在我明白了，西皮一开始就不是宠物犬，自从2009年2月出生之后，它就一直在与领养它的主人对抗，直到它5个月大的时候，主人出事，它把自己彻底地放逐掉。

中年人指给我看他自己的狗，那是一只舌头吐得老长的金毛，在那些刚来的宠物狗当中，它们是松狮、博美、贵宾和吉娃娃。他告诉我，如果他叫他的金毛坐着别动，它就会坐在那儿，把两只又笨又傻的前爪举起来无辜地看着他，就像犯了错误被大人训斥的孩子。一想到这个场面，我就打了个寒战，心里发疼。我不知道他为什么那么瘦，而他的那只金毛却又肥又壮，他就像它多余的部分，少了一些东西。我希望他能离我远点。如果他的年龄不是比我大不少，我不敢保证会不会揍他。

阳光很好，公园也很好，我看远处草地上的那些宠物狗，因为主人在一旁，它们显得特别有教养。但是情况很快发生了变化。

有一只狗朝西皮叫，是一只长着蝴蝶状耳朵的黑色曼彻斯特梗。西皮没有在宠物狗当中，它在更远处的那片桃林里，自己玩，已经不追逐纸片了，用湿漉漉的黑鼻子顶空中的落叶，看上去它对它的同伴们的出现不感兴趣，它只是想把那些飘零的落叶顶回到树枝上去。

中年人朝那边看了一眼，嘻嘻地笑。他向我解释，宠物狗不一样，它们互相认识，它们是一个群体，有一个经过撒尿圈地，再经过主人呵斥后建立起来的小世界，对外来者保持着警惕。它们和人们一样，不喜欢野狗。

"它们怎么了？"我有些不明白地问他。我是问野狗。我是想问，是什么东西导致了人们的喜欢和不喜欢。

"它们独来独往，会咬人，很危险。"他说。

"在被人欺负了之后？"我说。

他听出我的话外之音，看了我一眼，认真起来。"知道吗，野狗在垃圾堆里扒东西？你想想这样的事。"他试图说服我，"它们没有狗品，喜欢搞单纯的小母狗，搞完就跑掉，根本不讲感情。"

"你是说，它们破坏了人制订的规矩，没有经过人的同意就上了它们自己的同类？"我的口气充满了嘲讽。

"这一点令人厌恶。"他撇了撇嘴说。

草地那边出现了混乱。那只黑色的曼彻斯特梗还在朝西皮叫，很快，其他狗也叫起来，声音中充满了愤怒，一只个头高大的棕色斗犬带头，那些宠物狗朝桃林冲过去。中年人很兴奋，起身朝那边跑去。我也跟了过去。我们去了桃林旁，那里已经围满了人，一部分是宠物狗的主人，另外有一些游客。宠物狗们将西皮团团围住，主人在拼命呵斥它们，把它们叫回到自己身边来。

我挤进人群。我看见了西皮，它看上去有些害怕，不知所措，但没有后退，四爪杵地，警觉地站在那里。棕色斗犬和黑色曼彻斯特梗带头，宠物狗们蜂拥而上，扑向西皮。它们太不明白西皮了。西皮快捷地躲闪开，开始反击，它奔跑的时候和跃起的时候，身上长长的披毛像斗篷似的飞扬开，即使是搏斗，它都显得无比优雅。战局很快出来了，宠物狗的阵线溃散掉，两只领头攻击的大型犬受了伤，狺狺地哀号着，夹着巨大的阴囊退回主人的脚下一个劲儿地打转。丢了脸的主人大声叱骂着，草地上没有石头，他们不敢上前。有两个练功的青年武师跑过来，他们穿着低劣绸子做的练功服，一个手执三节棍，另一个提着太平剑，两个人挥舞着器械去撵西皮。我冲过去拦住他们。他们推开我。主人们纷纷斥责。我在想亢燮遭遇了什么。我在想我们都遭遇了什么,而且在遭遇过后,又把同样的遭遇拿去对付其他人。我把"三节棍"推倒在地上,又冲上去抱住"太平剑"。

"西皮,快跑!"我朝西皮喊。我想我的力气真大,也许我的力气还能更大。

那还用说,西皮跑掉了,我被"三节棍"和"太平剑"踹倒在草地上。多年来他们苦练功夫,今天终于找到了实战对手,两个人兴奋不已,同仇敌忾,各自拿出看家本事把我狠狠地揍了一顿。

人们带着他们的宠物狗离开公园后,西皮回来了。它警惕地钻出桃林,抬头嗅了嗅落日,慢慢走到我面前。它的耳朵上有一道巨大的伤口,血从那里流淌下来。它波涛般的长发无人梳理,打成了结,像吐蕃人的发绺,从身上披拂下来,威严、安静而优雅。

我满嘴的牙都松动了,身上很疼。也许我会尿血,也许不会。但现在草地上只有我俩,落日已经消失在莲花山背后,海边一定会有一幅流金溢彩的油画出现,那会比莲花山的景色好看多了。

我收拾好自己,坐在草地上一口接一口往草稞里吐血唾沫。西皮离我有五六尺,一动不动地垂着头,目光在它脚下的那片青草上,仿佛那是一种仪式。我俩头一次这么近的距离,这让我有些不习惯。我本来想把它带回家,为它洗个澡,把它的毛发梳理整齐,再替它包扎好伤口，但我想它不会喜欢那样，它不会喜欢任何家。我想问它一个问题，它为什么会出现在香梅路，那里究竟发生了什么，但我想那是它的事，它未必喜欢人家过问。我一直控制着，没有过去抱它，始终让我俩保持着那段距离。我只对它说了一件事，或者说，我是在问我自己。

"我和亢燮是7月认识的，那以后是秋天和冬天。"我朝地上吐了一口血唾沫，对站在那里的它说，"在冬天的时候，我们搂抱着睡觉，彼此保存温暖，那真是一种不错的感觉。"停了一下，我问它，"你和谁搂抱着睡觉？"

西皮抬起头来看我，一直看着，没有回答。一片树叶飘落下来，它顺着它飘落的轨迹向旁边看去，好像是在目送那片落叶去一个神秘的地方，好像是在思考着什么，然后它转过身去走开了，越走越快，穿过草地，它奔跑起来，消失在我的视线中。

我从草地上站起来，告别落日，回到家中。我没有冲凉，打开电脑，把今天发生的事情写在邮件里，发给了亢燮。时间太长了，我记不起给亢燮写过多少封邮件，她从来没有回过，一次也没有，但这不会阻止我继续告诉她西皮的故事——如果我在那里，知道那些故事的话。我从腿上捡起一根衣领上掉落的草稞，看了看，起身把它丢到垃圾桶里。

我给马昆打了一个稍长点的电话，他一直在电话那头沉默着，然后他很快赶来了。我很怀念这位搭档，那是一段我将收藏的记忆。他将一份厚厚的材料交给我，那里面的东西是他花了两个月时间弄到的，它从各个方面提供佐证，没有任何迹象证明那家著名的公司仍然在意亢燮。我谢过他。我没有再说别的。

马昆对我卖掉公司股份的决定表示遗憾，但他理解我为什么那样做。公司做到今天不容易，经济危机还没有过去，客户会在意某些事情，没有人会希望他们的委托人是一个贼。再说，他知道我选择新生活的愿望有多么强烈。

我们一起喝了一顿酒。我记得我有不少好酒。我有很长时间不喝酒了。那天我俩都醉了。

第二天早上，我在沙发上醒来，去冲了个凉，用特快专递寄走材料。这是最后一次。我希望亢燮她会明白，在日子已经过去很久之后，我们会发现，我们过去太委屈自己了，委屈到我们都不在了。我希望她不再依靠几何图形的沙发抱枕，那个没用，她得从马其顿防线中冲出来，就像离开牟少校的西皮一样，开始她的越狱和逃亡，而不是抵抗。

快递公司的人离开后，我穿上外套，去外面走了一会儿。我害怕裸露，在任何时间都会注意穿上外套。我的私有财产中最多的部分就是各种各样的外套。但也许今后我不会害怕了，我会把多余的外套捐出去。我在想，那些我曾经那么看重的外套，它们会去什么地方，它们穿在别人身上会是一种什么样子。

那天深圳有小雨，雨点落在茂密的植被上，让植物显出一种接近黑色的颜色，有点儿像西皮严肃的长嘴和眼睛的颜色。我是说，这座城市有那么多的植物，除了人和建筑，剩下的全是植物，假如西皮隐蔽在任何一片黑色的植被里，人们就不会发现它。我在想，昨天晚上马昆坐在出租汽车中，他醉醺醺回到家里，挺着大肚子的杜丽会问他一些什么，他又如何回答。我知道杜丽不会理解，她仍然坚持不让我做她第二个孩子的教父，但如果有机会，我会告诉她肚子里的孩子，人这一生不会完整地过完，它会分成一次又一次，这一次和那一次，有时候你能找到熟悉的感觉，有时候它们完全变了，你会不知所措，用去大量的时间熟悉新的人生，这样就没办法全身心投入，一个又一个阶段就这么错过了。

那以后的一个月，我安静下来，准备重新回到生活中。我并没有急着去找一份新的工作，也许我会暂时让生活停下来，甚至往回走一段，去看清楚有什么事情发生了，这对大家都有好处。我站在窗前喝茶，或者躺在柚木地板上看一段游记，不然就出门去走一走。如果可能，我会试着想一些发生在遥远地方的事情，就那么耗过大量的时间。也许我并不清楚这一切究竟意味着什么，我希望在我身上发生过的一些事情，它们最好没有发生，其实那是我对自己的生活一无所知，我需要把这个补上。

那段时间，我又认识了两个女人，不是同时认识的，相隔了一段时间。我们在一起打牌，如果是两个人，就玩"关三家"，恰巧旁边多一个人，就玩"斗地主"，筹码不大，输赢在几百块以内。我们会喝上一点酒，但从不喝醉。两个女人都不错，是那种哭过也笑过，仍然在努力生活的女人。我没记住她俩的名字，也没有邀请她俩中的任何一个去我的单身公寓。我觉得生活刚刚开始，就像陈升对奶茶说的那句话，我很忙，我有很多事情要做。

夏天到来的时候，一切都准备好了，我可以出发上路了。

西皮没有再出现，不知为什么，我觉得它不会再出现了，它已经和我告别过了，我也一样，我和它都知道这个，用不着更正式的场合。我想到我俩见最后一面的莲花山，我还想那附近的其他山。在这座城市的任何一个地方，你只要抬起头，就能见到山，它们或远或近，总会在那里。如果你视力好，有时候你能看见一些北方迁徙的鸟儿惊喜的飞行路线。

我终于见到了牟少校，为这个我很感谢医政科那位中年妇女——我这么说但愿她不会不高兴。牟少校的病情在抑制期，药物和隔离治疗在他身上起了作用。看上去他和我，和别人没有什么两样，只是他不肯坐下来，也不肯和我握手。他警惕地和我保持着距离，站在窗前朝外面看，目光中充满了睿智和担忧的光芒，那是所有思想家都具有的神采。我猜他担心我把某种危险的病菌带给他，或者他认为我是他众多信徒中的一个，对这个我能理解。

"你听到释迦牟尼的声音了吗？"他回过头来看我，他站着，我坐着，这样他就显得非常高大，"或者如来的、耶稣的、安拉的、圣父圣子的声音？"

"没有。"我拿不准地说，"我是说，我没有这个机会。或者，你是不是指，还有别的什么声音？"

"别费功夫，什么也没有。"他坚定地劝诫我说，"我们听到的全是自己的声音。我们模仿神灵，自己欺骗自己，以为自己是他们，并且因为他们不在我们身边而害怕。所以，老弟，你得学会忘掉那些靠不住的声音，自己告诉自己一点儿什么。"

"您指什么？"

"大多数愚蠢的事情都是聪明人干出来的，要知道，愚蠢的事情难度不低，笨人从来做不到。"他快速朝门口看了一眼，压低声音对我说，"所以，警惕你身边的聪明人。"

他把手背到背后去，他的胳膊因为束缚治疗有些僵硬，那样做让他不舒服，但他在坚持。我猜他是一个非常有毅力的人。

"别问欢乐的事，"他似乎能够看透我的内心，警告我说，"我们每个人都有大把的欢乐，只是我们把它们放在一个总也找不到的地方了。还有一个可能，我们认不出它了。"

"我没明白。"我告诉他实话。

"如果你不喜欢这个朴素的说法，"他略微有些不满地朝我看了一眼，他的目光让我有点羞愧，"我建议你去精神病医院，那里充满了天才，我确信你会有宾至如归的感觉。"

"那，我们现在在哪儿？"我困惑地问。

"大海。老弟，我们在大海上。"他十分肯定地说，脸上浮现出一丝兴奋，"在陆地上，我们会用坚强来面对生活，用信念、希望或者别的什么，但在大海上从来不会，"他与其是在对我说，不如说他是在思考，"大海不会用那些我们看重的东西来支撑自己，如果没有这些，生活会显得尤为困难。"

我离开那里的时候，牟少校还在思索，他脸上浮现出专注的神情，看上去让人感动。我顺着他的视线向窗外看去，一群工人正用起吊机把一口巨大的锅炉运出院子，那口用废的锅炉像一颗不愿停止工作的心脏，这是我离开精神病医院时最后的看法。

我离开深圳的前一天，天气不错，一切都收拾好了，我光着脚在公寓中走来走去，检查还有什么被我遗漏掉。门铃响了，只响了一声，我猜到了门外是谁。是亢夔，她瘦了许多，脸都现出尖下颏了。她倚在门口，没有进来，蹙了蹙鼻子朝屋里看，好像她一点也不熟悉这个地方。她那个动作让我想起西皮。我放下手中的茶杯，站直了身子看她。

"告诉我，它怎么样了？"

她没说是谁，但我知道她在问什么，她问的是西皮。我无法告诉她，那真是一件说不清楚的事情。这个世界建立起来不容易，它注定了需要大量的生命，同时有大量生命消失在其中，那是太过漫长的岁月，我只是打那儿经过的一粒灰尘，我不知道我会想起什么，我能告诉她什么？

"如果你能问我怎么样了，我会更高兴。"我说。

她笑了起来，笑容灿烂。"为什么不呢？我对这个更感兴趣。"她说，然后很快生气了，"你都发了一些什么狗屁邮件？为什么从没说到自己？为什么你不说你爱我？"

我被她问住了。我认真考虑了她的问题，我想那不是我故意疏忽，我们都不会表达，但西皮告诉了我一个朴素的道理，你有自己的生活，你的一切都会在那个生活中，而不是在别的生活中出现，你的生活才是属于你的。

我不知道我考虑了多久,也不知道亢燮是什么时候走进来的,我们纠缠在一起,很快到了地上。她揪住我的头发,然后是我的手。她咬住我的耳朵,感觉上那里很疼。过了一会儿我们停下来,她把眼睛闭上,像是进入了某种修为,然后她再度睁开眼睛。

"它会做噩梦。"

这次我知道她在说什么。她在说她自己,只是她不敢说出口,借用了西皮的称谓。她希望自己是西皮。

"你怎么知道?"

"你怎么知道它不会?"

我没有和她犟嘴。但我知道如果她说的是西皮,那么它不会。它不是宠物犬,不再是了;它伤痕累累,但不会屈服,也不委屈自己的内心,这就是它和"它们"的所有区别。

我离开亢燮,去了一趟厨房,然后返回她身边。我为我们弄了一点喝的。不是酒,是水龙头里的自来水。

"你会把我灌醉。"她犹豫不决地看了一眼水杯,再看我。

"试试,也许这一次不会。"我说。

亢燮告诉我,她离开了那家慈善基金会,并且暂时不打算找一份新的工作(看来不是我一个人想要停下来),她在考虑是否去更远的地方,那种远离城市,并且是诸神俱在的地方。她说了一个地方的名字,她告诉我,她只是来看看我,然后再走。

"你会去看我吗?"她问。

"我说不好,也许吧。"我说。

我在想我要去的地方,从那里去她说的那个地方有多远的路,需要怎么走,那中间会遇到一些什么。但我没有把这个想法说出来。我把亢燮手里的水杯拿开,把她的手捉在我的手中,看它们剪过没有,剪得整不整齐。它们剪得不错,这让我欣慰。我知道她一直是这样,不肯妥协。我知道我也是这样,我们全都支离破碎,却不肯妥协,只是借故把自己遮掩起来了,或者干脆远走他乡。我们真的应该好好坐下来,把曾经发生过的事情讲出来,讲给对方听,看看能发生什么。我是说,我想告诉她,在我们上次分手之前,我一直想做一件事,只是我一直没有做好准备,没有鼓足勇气,这件事情就没有做成。

"如果有机会。"我说。我的手在她的脸上,怎么都揭不下来。

"什么?"她咬住我的手指。

"有那么一次,就一次,我要把你从'藏龙卧虎'中带出来。"

"什么时候会发生?"

"我发誓不会惊扰你,但现在是时候了。"

我捧住亢燮的脸。她的脸蛋是冷的,也许之前吹了夜风，也许还有疑虑，没有暖过来。我把手从她的脸上拿开，牵住她的手，把她从地上拉起来，脱掉她的衣裳，然后我们重新坐回到地上。我把她的脚放在我怀里。她很紧张，眼睛一直不眨地看着我。我没有说任何话，但确定自己可以不用眼睛，只用手，两只手，来完成这件事。我把她缺失了一只小脚趾的那只脚小心翼翼地捧住，合拢手掌。

"好了，"我看着她的眼睛对她说，"你来猜猜，看看它们失去了什么？"

亢燮美丽的脸蛋上满是泪水，她快乐地微笑着，头顶在我的下颏上，一个劲地用力，完全不顾我能不能承受，她那个样子有多么让人迷恋。

"你觉得奇怪不奇怪，"她飞快地抹去脸上的泪水，不好意思地笑道，"我们本来会有很多孩子，一千万还是更多？"她喋喋不休，语速飞快，好像一旦慢下来，眼前的一切就会消失，她就会再度坠回凄风苦雨的心理黑洞中，"那是老天给的，也是它决定的，可是在我们的一生中，那些孩子从来没有出现过。有过一两个，但其他的那些，更多的小家伙，他们在哪儿，在干什么？"

我觉得她是对的。我是说，她问得对，这是一个需要认真考虑和回答的问题，是一个比所有问题都重要的问题。我觉得我需要好好想一想。我觉得她和西皮一样，和我一样，我们都是一条不肯向体制性生活妥协的野狗，冒险把自己放逐到秩序的野外来了，至少我们的内心是这样的，这就是我深深地惦念着她，而且做不到把她从心里移植出去的原因。我不认为这有什么，我只是想，欢乐谷是有的，它不光有太空梭，还有飓风湾、冒险山、金矿镇，我们可以玩雪山飞龙、矿山车、鬼屋、激流勇进和完美风暴，最后我们一定要去欢乐时光，我可以为我俩草拟一个攻略，这样每一个大型项目都可以玩到。

我在想，不管我们去了哪儿，只要我们不是逃避，而是逃亡，我们就有希望，就能走进欢乐谷。

但是在那一天，我没有把心里的这些想法告诉亢燮。我认为即使这个夜晚会过去，即使我俩都会离开这座城市，我也有理由隐匿一些秘密，为她，也为我自己。如果可以，就让世界和她慢慢"观察"这些秘密吧。

我没有回答亢燮的话，只是心疼地把她搂在怀里。我突然想离开她一会儿，走到窗边去，但我发誓我会很快回到她身边。

我是在想，如果我朝窗外看一眼，只看一眼，会不会看见一个身姿优雅的身影静静地站在一片大王椰或者阔叶榕下，夜风正将它野性的长毛吹拂起来呢？

2013年2月6日
于深圳梅林数叶轩

我们在华侨城天鹅堡结婚。我、栾涤非、胡波儿和宋小树，我们一起结。

婚礼的大部分时间，涤非都没有和小树在一起。他俩本该在一起，但没有。涤非不满意婚庆公司请来的乐队，自己在DJ台前捣鼓。那里有一台升级版Techi-Mix Reload Scratch DJ，带搓盘功能的内置声卡，机器不算好，但够用。有一阵，乐队那几个彩发男孩失了业，不知所措地抱着电吉他站在一旁，看涤非眼花缭乱地在96连击里连续打出4个90%，然后Break掉其他内容，刷出一个漂亮的龙碟。

涤非一边刷碟一边扬扬下颏，示意彩发男孩们侍候。"金发"男孩连忙塞了一只草莓到他嘴里。涤非再示意。"蓝发"男孩赶快点上一支烟，凑上去让涤非深深地吸一口，烟夹匿在手掌中退回来，不让天鹅堡的服务生看到。

涤非和那些只会玩音衰控制滑杆和EQ调整钮的DJ不同，他有天才般的音准和节奏感，能将风格完全不同的几首曲子漂亮地混搭起来，tripping的效果迷死人，scratch更是刷到让人血脉贲张，等尖锐音部分出现的时候，人们能兴奋地晕厥过去。我曾经向涤非承诺，等我有了钱，我就给他买全日空ANA头等舱，送他去大洋彼岸的"DMC"大赛踢馆，夺了冠，奖金归他，奖杯我留着玩。我说过好几次，但从来没有兑现过。

举办婚礼的地点是波儿和小树挑选的。波儿和小树考察了一圈，异口同声地说就是它了。我觉得不可能。天鹅堡的确是好地方，与"世界之窗"只隔着一片湖的距离，可为什么是它，这说不过去。不过，事情一开始就说好了，举办婚礼的钱我和涤非出，刷卡付现都行；婚礼的程序和地点由波儿和小树决定，我和涤非没有表决权，我俩只管参加，要不同意，她俩就拒绝和我们结婚。

我倒无所谓，涤非埋怨了一阵，到头来只能默认现实。谁都知道，如果你想走进婚姻，光有钻戒和鲜花还不够，得有一个结婚对象。两人到政府部门申请一张证，再举办一场婚礼，让操碎了心的家人和心怀叵测的亲友们共同见证。要是结婚对象不参加婚礼，婚姻等同于无效。

是谁提议我们的婚礼一块办的，这个我忘了。事后说起来，他们三个人也想不起来。理由倒很清楚——我和涤非，我俩都过了30岁，装不成蠢萌；波儿和小树稍年轻点，也都过了25岁，青涩已成烂熟，不再拥有入口即化的新鲜。我们两对在一起的时间都不短了，偶遇成为厮守，早已失去了激情，如果我们不想分开，就得正式在一起，这样大家都死了心。

没有人想要婚姻，但如果两个人在一起只能做一件事，也只好是它了。

依稀记得，我们两对一起结婚的事，是在涤非一个搞设计的朋友的工作室里谈的，那个工作室有个奇怪的名字，叫"就这样吧"。那天我们喝了不少"喜力"，波儿和小树还吸了一点违禁品，这让她俩两眼发光，人缩在地板上蠢蠢欲动，有点不自爱。

"先说清楚啊，"波儿海蛇似的慵懒地在地板上滑动，哧哧的，一个劲儿地傻笑，"别到时候弄错了，乐队奏当——当当当的时候，栾涤非把我牵走，你搂住小树，那就乱套了。"

"说什么错，都这会儿工夫了，说点吉利话。"我不喜欢她俩用奶昔管吸氯胺酮的样子，感觉吸管完全插错了地方。

栾涤非阴下脸，从沉船木工作台上跳下来，一旁抄过一管马克笔，上去一把扳过小树，认真地在她脸上画了一个64分休止符。小树呲着脸说，干吗呀你。栾涤非咬牙切齿地说，做记号，马义泉要敢摸你一下，我就宰了他。

马义泉就是我。

还是说回婚礼上吧。

婚礼是婚庆公司打点的，按照波儿和小树的从简设计，只请了家人和亲戚，四个人的亲友加起来，也就三十来号人。说服家人的工作遇到一些麻烦，有一些眼泪和不孝指责什么的，但最终家人还是由了我们。

我妈妈和舅舅来了。舅舅带着表姐和表姐夫，给我抱了6床新棉絮，扛了半爿猪肉做成的腊肉。我妈看什么都不满意，帮我张罗新房的时候，她嫌我租的是破旧的城中村改建房，家具是网上淘来的二手货，连我和波儿的婚纱照都是用手机拍的，就像临时想起来要结婚。我妈埋怨我凑合，和波儿过不长。我没打算气她，但她当着舅舅和表姐表姐夫那么说，我不高兴，回了一句嘴，我就没打算和波儿过。我妈急得上来给了我一巴掌，说呸呸呸，你要气死我呀。

我爸爸没来，他忙着挣养老钱。

我爸不知道打哪儿听说，国家要用通货膨胀对付美元的贬值政策，以后的钞票不值钱，人均养老得往120万上走。他一急，再让人一怂恿，把家里的粮食地废掉，办了一座中华田园犬养殖场。

"儿子考碗欠下一屁股债，他现在是国家公仆，不是我儿了，不能指望他养老，我得管我俩的养老份子，不然死了都没人收尸。"我爸给我妈分析前景时说。

养殖场办了一年，除了肉狗贩子，没人光临，一了解，知道上当了，中华田园犬是好听的叫法，说白了就是土狗，北方人叫柴狗，南方人叫菜狗，不值钱。我爸不服输，养犬场平掉，原地办起了预制件厂，第一年生意不错，挣了30万，没想到，第二年有关部门装模作样和房地产商斗起了法，出台政策抑制房价，闹得预制件卖不出去，亏得厉害，我爸只好把厂子关掉，地置出去，改包了人家的果园。眼下正是梨树挂果的时候，我爸担心外出参加完儿子的婚礼，回到家，看园子的狗死在梨树下，梨树的枝头上光秃秃的啥也没剩，别说养老工程，连欠的债都还不上了。

涤非的父母来了，带着两位秃顶的球友、三位手指修长的牌友、四位运动系装束的登山友，还有几个使用"魅7"手机的阔太，后者是他妈的客户。

涤非的父亲热爱健康生活，每周两场桥牌、三次登山，高尔夫是他的最爱，观澜高尔夫球场他是卡客。涤非的母亲是某个慈善组织的理事，据说手头控制着好几支背景神秘的深港基金。她喜欢看丈夫打球，两小时的12洞，她能安静到一言不发。涤非事先叮嘱，他爸球打得烂，左右手平衡掌握不好，却不自知，认为自己是塞尔吉奥·加西亚，能把悬架在15英尺高树杈上的球一杆悠进洞里。所以，当着面，我们可以奉承他爸的果岭推杆技，千万不要提树下低飞和杆头增速的事，谁不识大体把事情说破，谁吃不了兜着走。

小树家来的人最多，差不多占参加婚礼亲友人数的一半，基本是花枝招展的女性和一大群童子军。小树牌女眷团队一到场就摆出主场架势，拿下化妆师和摄影师，现场秀美容，带着摄影师去湖边拍照，大抢风头，好像她们才是婚礼的主角。要命的是，这家人无论老少，模样长得都差不多，服装又一律香奈儿系，好几次，我把小树的三姨认成了小树她妈，把小树的港生妹妹认成了她四姨在新西兰产下的小正太，连着讨了好几次没趣。

波儿家来的人最少，就来了个表哥。表哥年龄不详，人奇瘦，冷冷的，据说是大神级别的券商，来了也不和人打招呼，坐在角落里低头刷屏看大盘，像是婚礼与他无关，他只是走累了顺便歇歇脚的路客。我耐着性子和这位大舅子寒暄，说了些牛势来潮的讨好话，把他介绍给其他来宾。他有点爱搭不理，后来就不耐烦地对我说，你弄不懂市盈利，就别瞎戳戳了，忙你的去吧，早忙完早散。气得波儿冲过来拿眼瞪他，说有你这么说话的吗，谁散啊，谁散啊？我连忙把兄妹俩分开，回头劝波儿，算了算了，一会儿他们散，我们接着聚。波儿说，你就不敢把他的手机踹了？说完瞪我一眼，拎着裙子走掉。

来参加婚礼的同事基本没有。没邀请。不好邀请。

我在城区出租屋综合管理办公室当雇员，是四个人当中唯一吃公家饭的。我不是正经的公务员，是参公，提升无望，不打算献媚谁，婚礼的事定下来后，我厚着脸皮在办公室宣布了要结婚的消息，申明薪水有限，不想日后还份子，请诸位免俗。所以，我的同事不会来。

波儿在"琥珀"教育做客户营销,从澳大利亚学成回来后,她就一直做教育中介,换过几家机构,都没有离开教育这条线。她家经济条件好,家族做珠宝和古董家具生意,父母很早离异,家产一分为二,父亲带着财富去了加拿大,母亲带着财富去了西藏,到那儿把婚变理赔全数捐给了一家寺庙。父母很少和女儿联系,过年的时候想起来,给波儿打个电话,问缺不缺钱,或者传播一些密宗教义。

我和波儿是在字幕组认识的。她在字幕组做翻译,是组里最快的枪手,我入行晚,先做时间轴,以后改成发布,因为手里有条件,能利用单位的大引擎把做好的文件抢先发出去。

我俩熟了以后,波儿告诉我,同事在背后传,她是妈妈带种嫁给爸爸的,最终造成父母交恶,因为这个,她和所有的同事都断绝了关系,也不和过去的同学联系。有一次,她在"尚书吧"认识了字幕组的人,就进了字幕组,借此消磨时光。

我被波儿的经历说愣住,心想,这是什么样的女孩啊,我就想安慰她,后来一想,她不是需要安慰的人,这么多年,她早就安慰过自己了。

以后,每次见到波儿,我都保持一种很少有人注意的动作——她走向我的时候,我会站直身子,对她微笑。再以后,她带我泡电影院,我带她泡小剧场,泡着泡着，我俩就泡到一块儿了。她说，马义泉，别整天挂着张备胎脸，好像谁亏欠了你似的，我也不挑了，就是你吧。我说，行，我也没有什么好挑的。于是就有了这场婚礼。

显然，波儿这种情况，她不会请任何同事参加她的婚礼。

涤非是DJ行大咖，在深圳最有份儿的"靠近"吧驻场打碟，有时候也帮人做做音乐。刚出道那会儿，他到处跑场子，以后在"靠近"吧有了股份，不再挪窝。去"靠近"吧捧涤非角的粉不少，他们都知道一个节目，碰到驻唱歌手嗑药或者塞车赶掉了场，涤非会上去救场，他把滑杆交给他那个老是拿眼皮子挑人的女助，脑门上顶着连衣帽，没精打采地上去，眼皮耷拉着不看人，一副颓废样儿，抄过麦。头几个节拍，他怎么都摸不着调，绕得下面人心里发慌，于是人们拉长声音一声唏嘘。就是那声唏嘘出来，他眼睛一亮，连衣帽甩到脑后，露出迷死人的脸蛋儿，童贞似的嗓音乍泄而出，那个杀人劲，现场顷刻之间就疯了。接下来，"靠近"的屋顶要不是水泥浇筑的，非被掀翻不可。

涤非羞涩，不认人，平时爱耍单边，同事间也不怎么搭理；他在港澳台有不少发烧友，有忠粉经常打飞的跑来深圳听他刷碟，但他们不算同事。所以，涤非不会请人参加他的婚礼。

小树最先不认识栾涤非，因为我和波儿，他俩才认识，两人一认识就打得不可开交。

"画的是什么呀，鬼蜮四伏？"

"你要不当话痨话会噎死你呀傻×，玩你的粗口串烧去，再叨叨叨我插死你。"

小树做插画，是自由插画师，自己开工作室，只有客户，没有同事。她是事儿妈，和客户关系搞不好，不但从不试画，客户也不敢骗她的画，谁骗了，或者拖着稿费不给，她就在微博里臭谁一大街，连带着恶毒威胁："人们常常陶醉在完美的谋杀案中不能自拔，比如我，这种嗜血习性与生俱来。我希望那个该死的欠债家伙能躲得好点，别让我兜里的刀片轻易找到他。"

她这种恶人婆的架势，就算发了帖，人家也不会参加她的婚礼。

婚礼没有邀请朋友。朋友不会出现在我们的家人面前，就像针尾雀和斑点猫，它们不能出现在同一个地方。

我想，我已经把婚礼来宾的情况说清楚了。

婚礼下午 5 点开始。我们四个人都很配合，司仪叫干什么我们就干什么，音乐响起的时候，我们也没有牵错人。

新人入场、揭头纱、交换戒指、致答谢辞、切蛋糕、抛花球，所有程序都很顺利，只是在新人接吻环节时，小树老是咯咯地笑，缩着脖子躲涤非，弄得场面稍稍有点尴尬，但也过去了，比起我妈致辞时语无伦次、小树妈致辞时一个劲儿地哭、涤非爸致辞时慷慨激昂像是在做专题报告，那点尴尬不算什么。

忙忙叨叨结束上述仪式，婚礼进入宴客阶段。

我和涤非，我俩各端一杯矿泉水室内室外到处走，挨个儿给客人敬酒。波儿和小树拎着婚纱跟着我俩走了一圈，以后不用总跟着，她们只需要手支在姐妹肩头，偷偷让脚后跟溜出高跟鞋，冲来宾傻笑，间或柔情似水地看我和涤非一眼，再转过身去摆出一副从此一切交代掉的慵懒状。这样摆出几个幸福无比的姿势，伴娘会适时出现，把她俩带进化妆间补妆，或者换另一套晚装。她俩会躲在化妆间里吸点什么，嘻嘻哈哈说几句无厘头的话，泡上半天再出现。

客人像砸了一地的什锦果盘，桃白蕉黄，滚落在天鹅堡户外平台上。真诚地说，来的客人都很精致，言谈举止妙趣横生。我在客人当中穿梭，听他们有一搭无一搭的谈话，都是一些生活在城市里的人们关心的话题——正在填埋的大鹏湾、不断上涨的路边停车费、20万一平方米的学位房、17.8%生育族无精子率……相比较，我更喜欢湖边的风景，那些以速写的姿势落下和飞去的野鸽子，它们降落在湖畔木制栈道上时，扇动的翅膀和歪着头往这边窥探的小眼睛，让人忍俊不禁。

来宾当中，涤非的父亲最抢眼，他穿一套质地考究的西装，打一条绛红色礼品级领带，符合市场管理局副局级官员的制式身份。婚礼一开始，他就不停地接电话，在电话里训斥人，电话挂掉，又要求司仪停下，把主婚人致辞环节再来一遍。等仪式结束，他和小树的妈妈，也就是他的亲家婆，以及色彩鲜艳的二姨三姨四姨五姨缠斗在一起，互相斗嘴，用广博的知识和外界鲜少知悉的政府内幕，博得女眷们不断发出讶然。

"如果你们认为生活会像我这样容忍我儿子，你们就错了，"他一脸严肃，用大人物的口吻说，"生活残酷无情，年轻人根本不了解个中滋味。"

然后他招呼乐队换音乐，撤下西城男孩的 *My Love*，换上经典恰恰，他笑容可掬地邀请吊带露肩装的小树，也就是他儿媳妇，俩人跳了一曲。这位栾副局舞步花哨，节奏相当出色，短音和跳音部分腰胯扭动得令人惊叹，让人怀疑他在市场管理局的整个工作就是跳国标。当然，这并没有耽误他在整个婚礼过程中喝掉不少香槟。总之，整个婚礼上他都没有闲下来，至于他那位好脾气的妻子，她一句话也没说，手里端着冒着气泡的"酩悦"，脸上带着母仪天下的微笑，一直形影不离地跟在丈夫身后，似乎习惯中决不肯冒犯苦难大众。

我注意到，客人对婚宴的全素冷盘菜肴很满意，每个人都往嘴里塞了不少食物，这让我松了一口气。我去给自己续矿泉水的时候，小声向小树表示，世俗观念真是害死人，她是对的，人们未必缺了动物就活不下去。

我这么奉承小树，因为小树不但是纠结的插画师，还是素食主义者，而且是原教旨主义那一类，比较偏激。她带人砸过龙华清湖冷库，往罗湖和福田的好几家肯德基门口泼过油漆。干得最出色的一次，是第10届中国（深圳）国际裘皮展览会上，她带着两个女友冲进会展中心，当着"赛派""报喜天使""华天奴""P. ROSSA"商务代表和省里皮草专业委员会官员的面把自己脱光了，用喷漆往乳房上喷满殷红色的彩漆，完成了一次炸街的Graffiti行为。小树干的事都是团体作案，为此她和她的朋友不止一次进过派出所，包括在拘留所里过了一个有纪念意义的春节。

小树不和任何食肉动物交谈。我指的是人这种动物，猫捉鼠噬菌体吃真菌这种事她不管。所以，在我和涤非充分的妥协下，婚宴采取冷餐会方式，菜式中不提供任何动物肉类、动物油脂、动物名称和造型，连孔雀、大熊猫、鱼和龙这些常用的摆盘都不被允许。

小树受到我的奉承，很高兴，冲我抛了个土豆脸的媚笑，从果盘中抓起一只牛油果塞进我嘴里，然后敏感地扭头看了一眼一旁的波儿。

波儿今天有点反常，整个婚礼中她都不怎么说话，婚礼总管叫她做什么，她乖巧地照做，表现得中规中矩，因此显得枯燥乏味，这和我认识的她完全两样。

日常生活中，波儿是风情万种的小妖精，连眼睫毛上都透着荷尔蒙不安分的气味。我第一次见到她的时候，她拿眼睛瞟我，我以为她在明目张胆地引诱我。后来我知道错了，她只是天生爱发嗲。她发嗲和对象无关。她甚至会向一句电影对白发嗲：

In spite of you and me and the whole silly world going to pieces around us, I love you.

还有：

We become the most familiar strangers.

我听她娇柔地说一次身子骨就软一次。

有一次，我带她去商场买衣裳，她从试衣间出来，失魂落魄地靠在门上，刻骨铭心地抚摸刚试过的那件天蓝色连衣裙，就像她和它有过一场销魂的前戏，那副醉人的模样，把好几个路过的型男钉在原地动弹不得。

波儿的魅是伪魅，其实她是老派才女，读高中时就是深圳中学生里的明星人物，和笔笔同台演出过。因为喜欢墨尔本大学两位女性校友——女权主义者吉曼·基尔和澳大利亚首位女总理茱莉娅·吉拉德，还有墨大校训中贺拉斯的那句诗:"我们会在后代的敬重里成长",她高中毕业后选择了去墨大读书。

波儿特别会讲故事。我俩刚认识的时候,她给我讲菊池宽小说改编的《东京进行曲》,电影是1929年拍摄的,她竟然能随口背出西条八十为电影写的歌词:

> 看电影去吧,喝茶去吧,
> 搭乘小田急线,逃离尘嚣吧。

还有:

> 怀念当年银座的柳树,
> 谁还记得那位美丽婀娜的艺伎,
> 喝着甜酒跳着爵士舞,
> 黎明时分她泪眼婆娑。

我第一次听到这段歌词时,眼泪忍不住哗哗地流下来,就这么,我被她征服了。

我和波儿审美取向不同,我知道自己浅薄,但我真的觉得,20世纪初,银座更能吸引我的是它能燃爆血管的青酎烧酒,还有惊为天人的歌舞伎。可不管怎么说,波儿会讲故事,这一点特别对我的路子,我就是因为这个才喜欢上她的。

波儿知道我的秘密，要不是担心搞文艺会被饿死，我不会考公务员。我的理想是当一名作曲家，写出《歌剧魅影》那样伟大的剧目，最好能像安德鲁·洛依德·韦伯一样，在写完剧本以后，弄个骑士头衔什么的，这样我就能震住涤非，不然他老是在我面前拿捏。可我还是固执地考了三年国碗，而且在考上之后，不愿意轻易丢掉来之不易的工作。

我向波儿解释，我没有韦伯那样的天分，11岁时就能为自己的积木剧院写作品。

波儿一点也不欺负我，反过来安慰我，给我讲吉田健一的故事。吉田健一是战后日本第一任首相吉田茂的儿子，这小子不愿意接受父亲的资助，最终沦落为乞丐。有一次，他在文艺春秋出版社门前乞讨，《文艺春秋》的主编于心不忍，介绍他给杂志社写稿子，他摇头，说我的经验还不够。波儿的意思是，我有可能是吉田健一的命，得吃点苦头，只要不放弃，晚年好歹也能弄个学者当当。

波儿相信一个人有两条命，一条别人能看到，一条别人看不到，只有自己知道。她说她在墨大读书的时候，喜欢午后坐在南草坪上晒太阳，那个时候，她能清晰地看到自己的命。她还告诉我，她住的那套留学生公寓，门前有一条大叶桉树覆盖的街道，街对面的点心店里卖一种姜黄粗麦饼，非常有名。有在附近歌剧院和画廊上班的美女来点心店叫咖啡，她们大多穿着鲜艳的短裙，麦色皮肤，身材迷人，有些冷冷的架子，不是蓝衣男士能够接近的。

涤非不认识波儿的时候，有一次好奇地问我，波儿是什么样的人？

我想了想，回答涤非，她是该拿雪白缎子裹着的人儿。

小广场那边出了点事。是波儿的表哥，他和涤非吵起来了。我撇下小树家庞大的女眷团，快步朝小广场那边走去。

整个婚礼过程中，波儿的表哥形单影只，新人倒香槟酒程序还没结束，他就不耐烦地离开现场，一个人坐到湖边去无聊地冲湖里吐唾沫。这会儿工夫，他和涤非吵了起来。

"你说什么？再说一遍。"

"我说什么？"

"他说什么？"我过去了。

"你让他自己说。"涤非大理石般精巧的嘴唇哆嗦着。

"我说你人长得漂亮，像女孩儿。我说你们两对完全暗合了一场婚礼的主题，我说错了吗？"表哥冷笑道，一副洞悉大盘走势、不屑和散户争执的架势。他真是无赖。

"你是这么说的吗？你说不如四个人组成一家，费什么劲儿？"涤非脸色苍白，像一张透明的美工纸，"你算什么，三观正直的道德犯，还是主白昼神？"

"×，找死啊？"表哥愤怒，作势要打涤非。涤非抄起一旁的凳子。

我立刻明白是怎么回事，但我不希望事态闹大，我一把拉住涤非，把他手里的凳子卸掉，回头看表哥一眼。我猜要不是他人长得太瘦，我会在他那张冷冷的脸上猛揍一拳。

亲友团过来了，栾涤非的父母打头，小树家的女眷团簇拥在后，然后是我妈和我舅。

波儿推开人们冲到我和她表哥面前。

"你干什么？"她斥责表哥。

"×，没见过这样的！"表哥涨红脸，冲地上啐一口唾沫。不过他没有再往下说。

"请离开这儿，别找麻烦。"我说。

"凭什么？"他说。

我把波儿揽到身后，让她离她表哥远一点，然后回到表哥身边，众目睽睽下拽住他瘦骨嶙峋的胳膊，不由分说把他带到一旁的玉兰树下，盯着他的眼睛，尽量克制着压低声音。

"你的意思，你没有过上你想过的日子，我们就不配过自己想过的生活，对吧？"我回头看了看。家人们在远处议论着,朝我们这边看。我回头继续说:"扇贝也是贝,藤壶也有权活着,这些简单的常识你知道,用不着我教你。"

"哼!"他说。

"别哼,困扰你的不是我们怎么了,是你没有胆子往下走,我没说错吧?等这儿的事情弄完,我约你,我俩单独讨论,现在你最好躲到一边去收拾你的牛市,别在这儿胡来。"

我撇下表哥走回人群当中,把波儿劝离小广场,让乐队的彩发男孩们把涤非带走,再笑着劝亲友团回到冷餐台前去。至于表哥,他还站在玉兰树下。他肯定看出来了,我不光是他猥亵念头里那个同体婚姻中的占便宜者,还是一座潜伏在香槟酒杯子里的火山,如果发作起来,他没法招架。他悻悻地看了我一眼,没趣地离开了。

小广场上就剩下我,我捏紧拳头,有点发抖。我清楚事情是怎么回事儿,表哥是一个同妻制造者,他"妻子"不堪婚骗和多年的家暴,吸炭自杀了。波儿的父母知道外甥的事,也知道波儿她爱的是谁,他们不关心这个家族的这两个秘密,只关心自己的婚姻解体后被稀释掉的财富,或者迦毗罗卫国的王子乔达摩·悉达多和他创造的教义,也许是他们无意间把女儿的秘密泄露给了外甥。

安顿好客人之后,我去了音控台。涤非在那儿,三个彩发男孩不知所措地围在他身边。

我看涤非。他怨怼地看着我,不说话。表哥的话没错,涤非人长得漂亮,要是把他丢进女孩堆中,他会是最抢眼的那一个。我眼前浮现起那个刚刚脱下中学生校服、羞涩而充满青春苦恼的18岁大一生,在整个中大生活的头一学年,他躲在我宿舍背后,用一把单音口琴吹奏 *Stay*。"我在这里,为你留在这里。"如今,他已是万众瞩目的唱片骑士了,但他仍然躲在南方潮湿的植被后面,即使在无数粉丝的尖叫声中,也不肯脱下连衣帽,露出他那张精巧到令人心碎的尤物般的脸。

我从涤非的眼睛上移开目光,回过头去看。我看见挂着彩虹的棕榈树下,涤非的爸爸在和小树的四姨热烈谈论着。我听见他们在谈夫妻间感情出轨的问题,那属于道德范畴。他老婆微笑着跟在他身后一言不发。

我离开音控台,走到一边去,给自己倒了一杯矿泉水。

我不主张出轨,就跟我不主张制造同妻一样。认识波儿以后,她嘲笑我没有轨可出,如同我热爱戏剧,却不敢辞掉公职,我在爱情上只能守住一个,一个伴侣就能让我走进坟墓。她的话有一定道理,但也未必。我不确定往后的路有多长,自己是否能守到最后。那些进入商场的人们,他们走进商场的目的,不见得是要买一件大家伙，很可能他们只是看一看，甚至连这个打算都没有。人们只是感到孤独，借他人的热流驱散恐惧，这个他人也许成千上万，也许就一个。

天在暗下来，天鹅湖那一头，几只被城市扬尘弄脏了羽毛的白鹭正在滑翔归巢。我、涤非、波儿和小树，我们像四个城市故事里的伏笔，在来宾中面无表情地游走，在婚礼接近尾声的时候，期望邂逅一名生物系教授，这样在大家散去之后，我们有很多事情可以讨论。

我清楚，这只是我个人的设想，别人可能不那样认为。正如我们举办婚礼的这个地方，它叫天鹅堡，是深圳最美丽的地方，但谁都知道，这只是一个假象——婚礼是假的，伴侣是假的，我们的身份也是假的。可这有什么，我们一直生活在假象当中，就连一湖之隔的"世界之窗"，它也是假的。有谁在去过那个用装置材料堆砌起来的游乐场之后，就认定自己周游过世界了？

我猜没有。

我看见波儿独自站在湖畔栈桥边，她一个人，怕冷似的环住自己。我向她走去，站到她身边。她深深叹了一口气，好像已经准备好了，要把自己变成另外一种生命，但我知道那样办不到。

"如果这个时候来一场雨，我想让雨赢。"波儿不看我，看着湖那头的"世界之窗"，表情认真地说。

我同意，但我没有说话。我和她一起看湖的那一边。

"我想尖叫。"她说,"哪怕一声也好。"

我收回目光,回头看她。她也回过头看我,眸子在夕阳下暗淡了一下。我伸出胳膊,揽住她的腰,将她拔地而起,用力抛向空中。她的短发因为气浪压迫贴在脸上,然后被风急速地撩向一边。她尖叫着大笑,裙裾飘过栅栏,落下来时盖了我满幅。

客人们朝这边看,不明白发生了什么。波儿扶住我的肩膀,两只手在颤抖。她压低声音咏咏地笑,喘着气央求再来一次。我照办了,再度将她抛向空中。这一次她叫得更凶,湖里有两只天鹅快速朝湾角丛林那边划去。我看见小树朝这边转过头来,嘴角露出生气的表情。涤非站在她身后,显得无所适从,如果我没有猜错,他眼里闪烁的不是刚刚亮起的户外路灯,而是一星泪花。

我想够了。

我想,他不应该这样。他俩都不该这样。今天这个场合不同,我们在华侨城的天鹅堡结婚,我和栾涤非、胡波儿和宋小树,我们一起结,我们不知道什么时候爱上的对方,只知道从一开始我们就在一起,从一生下来就注定了,这一生只能是对方,只要遇上了,就没法分开。

我还想,没有人要颠覆这个世界,没有人想要其他人过不好，到底大家在拼一个坎，想拼过去，我们不过是想挣扎一下。

我决定带着波儿离开，回到家人当中，回到我们各自的同伴面前。我伸出胳膊，重新揽住波儿的腰。她的腰很柔软，但我知道，和涤非小树一样，她有多脆弱，就有多坚强。我揽住她，我们微笑着，静静地走过湖畔栈道，心里响起那首让人心碎的歌：

我在这里，为你留在这里。

我们在这里，我们会一直在一起，守住我们的初始之心。

无论人们说什么，我们都在这里，在一起。

2015年1月17日

于深圳梅林数叶轩

别把爱你的人
送去香港

包爱君刚把保姆车驶上北环路，那只鸟就从路边的绿化带冲出来，斜刺里迎向保姆车。鸟儿斑斓杂色，向前挣着脑袋，两翅快速翕合，在撞上车头的一瞬间快速拐了个弯，触须似的粘在车头前，与保姆车同向飞翔，把开车的包爱君吓了一跳。

北环路上车流如泻，车辆默契地保持着时速80码的匀速，那只鸟同速，夹在保姆车和一辆奥迪A6之间，像是有人派它来给保姆车引路，这让包爱君一时有点困惑。

"是蜂虎！"周思爱在后座上说，兴奋地往前探出身子，手自然搭在副驾座上的梁鼎肩头，下意识捏了一下。包爱君看到了，她知道周思爱不是故意的，只是习惯没有改掉。

"不是蜂虎，是云雀。看见凤头没有？"梁鼎盯着鸟儿说。他个头高，坐在副驾上微微偏着头，不然看不见车头上方的鸟儿，"蜂虎喜欢几只一起，不会只有一只。"

"你什么意思？"周思爱生气了，用力拉一下梁鼎的肩膀，"你的意思，你比我懂得多，是不是？你的自以为是怎么一点也没改？"她扭头对司机喊，"包爱君，你是怎么管教他的，干吗什么都抢，什么都要占上风？太不可思议了，你们为什么不离婚？"

有一阵他们没有说话，包爱君，周思爱，还有梁鼎，三个人都没有开口。他们从西乡出来，去皇岗口岸，送周思爱过境去香港。包爱君朝旁边看了一眼，梁鼎僵硬着身子坐着，眼睛一眨不眨地看前方，不知道是不是在看那只忽上忽下的鸟儿。包爱君猜，周思爱的本意并不是要她和梁鼎离婚，这个主她做不了，主要是她出了事，心情不好，看什么都不顺眼。

车在并入新洲路后慢了下来，密集的路口红灯制造了车流滞缓。那只鸟儿也减了速，和保姆车保持着距离。包爱君又看了一眼梁鼎，他还是坐在那里没有动，看不出打算开口的样子。

梁鼎是包爱君和周思爱的男人。过去是周思爱的，现在轮到包爱君了。

梁鼎和周思爱相爱了10年，爱到捅刀子，差不多一两年就要酿成一次血案。3年前，周思爱用一把折叠刀再度伤了梁鼎，他的小腹被她戳出一个两厘米长的口子，不是特别严重，但流了很多血。他苍白着脸拦住人不让报警，说谁要报警就把谁的脑袋砸碎。但这没拦住什么，他伤口痊愈后，俩人彻底分了手。

包爱君和梁鼎没有结婚。在西乡那个居民来源复杂的社区里，像包爱君和梁鼎这种不是夫妻，但以夫妻名义一起生活的，不止他俩一对。据说，这个城市有超过三成的家庭法律关系缺失。有时候人们觉得前景迷茫，不知道能走多远，于是就凑合着过。

"按喇叭，吓吓它，让它离开。"周思爱打破沉寂，她拍驾驶座椅背，大声指挥包爱君，好像车头前飞着的不是鸟儿，是她妈妈，包爱君正开着车去撞她。

包爱君有稳定收入，合法交纳营业税所得税和五保一险的时间超过10年，凭多年积蓄，在西乡买了一套108平方米的公寓房，国土局网站上能查到手续完备的房契登记，她不会违规在城市快速道上鸣笛。而且，包爱君有点好奇，想知道那只鸟儿在干什么。她30多岁了，不相信安徒生童话中为人领路的好心鸟儿的故事。她没想到，在通过红荔路口的时候，她提速跟上车流，那只鸟儿突然拐了个弯，径直飞向保姆车，重重撞在前窗玻璃上，前窗玻璃上立刻鲜血四溅。

"你怎么开的车？"周思爱立刻愤怒了，冲包爱君大喊，"你杀死了它！"

包爱君吓了一跳，下意识踩死刹车，引得身后一片刺耳的刹车声。

保姆车打着双闪停在路边，他们都下了车。周思爱手插在裤兜里，站在那儿很不耐烦地看快速通过路口的车流。她那条皱巴巴的水磨蓝牛仔裤有点脏。裤子是包爱君的，她从东莞跑出来之前没带换洗衣裳，只能借包爱君的衣裳穿。不得不说，她腿长而直，穿牛仔比包爱君好看。

包爱君和梁鼎贴着路边绿化带往回走，心惊胆战地找那只鸟儿。他们走过路口,又返回来,在肇事地点来来回回找了几分钟,什么也没有找到。

"也许在马路对面。"周思爱站在保姆车边朝他俩喊。

根本不可能,路口车流不断,就算想违反交规,他们也走不进行车道。但完全没有必要,双向八车道,包爱君和梁鼎视力都不错,完全能够看清楚。事实上,马路上一根羽毛也没有,那只鸟儿,它不见了。

包爱君觉得不舒服,心里有强烈的愧疚感,回头看梁鼎。他站在那儿发呆,然后蹲下去,伸着脖颈大口大口呕吐出来。

包爱君去应付一辆驶过来停在保姆车旁的交警摩托,周思爱从她身边擦过,去了梁鼎那边。包爱君很快就听见他俩在身后说话:

"没事吧?让我看看。早上没洗脸啊,这么脏。来,抓住我的手。"

"我能行。"

"怎么还犟啊,最烦你这样知道吗,离婚前就烦。好了,别看地上,呕吐物没有长得漂亮的,就算自己的呕吐物也不好看。吸口气,站起来。"

包爱君向交警解释,他们遇到了什么事情。车窗上有还没干涸的血星,以及一缕粘住了在风中抖动的绒毛,这些都能证明,几分钟前的确出了一桩车祸,只不过交规不管这类车祸，不算违章。年轻的交警大概昨天熬了夜，情绪不大好，他不断往景田地铁站方向看。那里聚集着一群想要闭堵住地铁站口的居民，人们情绪激动，有人从小区楼顶往下悬挂条幅，"洒血保卫家园""我们不想掉在行驶的地铁上"，一群戴防暴头盔的警察在维持秩序。年轻的交警查看了包爱君的驾驶证，要她尽快把车开离现场，然后骑着摩托去了地铁站那边。

"走了。"包爱君收好驾照，对远处的他俩喊。

他俩站在那儿没动。周思爱抓着梁鼎的手，急匆匆对他说着什么，然后他对她说着什么，两人的手拽得紧紧的，没有松开。路上噪音大，包爱君听不清他俩的话。她拉开车门，上车去坐着，希望交警不会马上回来，再回来就算违规了。

东莞扫黄打非的时候，周思爱不在那儿，警察动手的前几天，她陪两个台湾客人去了山东，等她回来的时候，鸟去巢倾，东莞褪去脂粉气，一下子萧条起来。警察抓人时周思爱不在现场，躲过一劫，她决定换地方生活，去了长三角，在乌镇、南浔、西塘转了几个月。本来事情已经过去了，哪知道她在那边没有赚到钱，手头拮据，返回东莞找一位绰号叫"传说哥"的熟客讨账。"传说哥"不肯还钱，两人争执起来，"传说哥"动手揍了她，她顺手抓起一把工具刀捅了他，连夜逃到了西乡。

周思爱进门的时候梁鼎吓坏了，不知道该怎么处理这件事。包爱君在店里接到电话，赶回家里，看见周思爱站在客厅当中，手心里还捏着血干，正冲动地冲梁鼎大喊大叫。包爱君不由分说把周思爱推进卫生间，让她从头到脚洗刷一遍，沾满血迹的衣裳打成包丢进垃圾桶，找出自己的衣裳让她换上。

包爱君拿着干净衣裳进卫生间的时候，周思爱湿漉漉地蜷曲在角落里，双臂环抱着身子发抖，像是睁眼做着一场噩梦。包爱君无意间从镜子里看到周思爱私处浓密的黑发，那是一片丰饶妖冶的丛林，那一刻，包爱君后悔拿了自己喜欢的石磨蓝牛仔，而不是一套宽大的裙装。包爱君说快起来吧，试试衣裳，不行去商场买一套。

梁鼎忙乱了一通，给他在东莞的朋友打了一圈电话。"传说哥"在当地是个有头有脸的人物，发生在石碣镇的凶杀案很多人都知道，警察已经接管了案件，但没人说得清受害者伤得怎么样，是不是死了，这让梁鼎五心不定。

为怎么处理周思爱的问题，包爱君和梁鼎发生了争执。包爱君认为，是"传说哥"先动手，周思爱才从桌上抓起刀子捅了他，凶器是"传说哥"自己家里的，周思爱没有故意杀人的动机，她应该向警察自首，法庭会考虑正当防卫情况，也许不会判她坐牢。

"就算法庭不判，对方也没死，"梁鼎犹豫不决，"医药费、营养费、误工费、精神损失补偿，这些肯定要算，她钱没要回一分，拿什么付？"

"我们可以帮她。"在讨论了一番周思爱到底在东莞赚没赚到钱，是不是在长三角赚到了钱这些问题之后，包爱君说，"你可以帮她。"

"我不管她的事，管不了，想都别想。"梁鼎立刻拒绝。

"那我出钱，让她以后还。"包爱君想要尽快把事情解决掉，"她需要一个律师，我替她请，总不能看着她这样吧。"

梁鼎坚决反对送周思爱去警局，不是赔偿费问题，她坐台出台，少不了干一些替人洗钱销赃的事，这种风头下，等于送上门去，司法机关肯定会下手往死里判。要这样，就算"传说哥"活下来，她从监狱里放出来，也是百无一用的老妪了。

梁鼎决定把周思爱送过口岸。这也是周思爱自己的意思。去年国家反贪腐行动，不少大佬都逃过口岸去了香港，在那边等待消息。周思爱也可以这样，去香港避避风。警察要走司法程序，来不及发通缉令，要是快点走抓不住她。如果"传说哥"没有死，过一段时间她再回来。

"她不是大佬。"

"大佬也是一条命。"

"那个人要死了呢?"

"别问我,是她的命,她干吗要捅人?"

包爱君猜出梁鼎的心思,他跟红棉树一样,人长得高高大大,个头挺拔,其实木质松软,胆小怕事,风一吹花朵扑通扑通往下落,他受不了周思爱在监狱里变老这件事。

大约3分钟后,周思爱和梁鼎回到路口,两人上了车。

梁鼎要包爱君把车往回开,不去皇岗口岸了。包爱君问为什么。梁鼎让她别问。

"不是说好了,送她去口岸,她从那儿过香港吗?人也联系好了,花120块就能拿到过境签证。"

"赶走我有什么好处?"周思爱不耐烦,"对你当然有好处,可也用不了那么急,迟早我会死。我现在不走,我要想一想,为什么车会撞上鸟儿。"

"你不应该对她吼,"梁鼎扭过头去责备周思爱,"她又没做错什么。"

"我错什么了?我错了吗?"周思爱像个不讲道理的孩子,朝梁鼎发狠,"谁让他欠我钱不还,他要在车上,我还捅他。"

"知道吗,"梁鼎生气地说,"你的问题就在这里,怎么都管不住自己,非要回来。这件事不关爱君什么,她

与世界之窗
的　　距离

谁都没有捅。"

"心疼女人了？"周思爱朝脸色灰白的男人冷笑，"那我怎么办？我一过口岸就回不来了，就成了一个被抛弃的人，你就想看到我这样，像狗一样被香港人打死，你们心里都这样想，是不是？"

包爱君和梁鼎都没有说话，好像自己被周思爱的话说中了，心里有点受伤的感觉。

去年"占中"事件后，港区反对党提出增加入境税限制内地赴港人数；今年春节一过，反内团体组织"驱蝗"行动，上街示威砸店，闹得港深两地沸沸扬扬。周思爱当然不会去香港炒地炒楼，也不会随地大小解，但她同样不会英语，粤语烂到让人捂耳。要是和港人发生冲突，她只会说两句"我又唔喺你度产仔、买奶粉、做水客，做乜咁孤寒"这种半生不熟的粤语，日子肯定不好过。

这个过程中，包爱君在红荔路上掉转车头，沿原路返回。她被刚才的"车祸"弄得五心不宁，不明白鸟儿突然回头一撞，这件事情与周思爱去不去香港有没有什么关系。还有，她觉得周思爱就像招潮蟹，长着两只凸出的眼睛，一对见人就挥舞的蟹螯，对谁都摆出攻击的架势，让人不舒服。她觉得一开始头绪就乱了，现在越来越乱。

半个小时后，他们返回西乡。

锦纶小区很安静，有几个居民在小区里遛狗，讨论狗沙回收利用的窍门，以及最近开始流行的宠物抑郁症问题。

包爱君把车驶进地库，让他俩先上楼，她找水来清洗车窗。看着清水顺车窗玻璃流下来，她的影子在水渍中模糊掉，她站在那儿有点发呆。

那只鸟儿，可能既不是蜂虎，也不是云雀，而是别的种类的鸟儿，连它的身份他们都没有弄清；它收束起双翅，回头一撞，脑浆四溅，却连尸首都不见了，究竟去了哪儿？

包爱君心里有些难受，想那只鸟儿出现在车头前，斜刺掠飞的姿势那么漂亮。现在她盼望它再度出现，她会告诉它，她不是故意的，她想对它说声对不起。

包爱君回到家的时候，梁鼎在泡茶。周思爱坐在沙发扶手上，没精打采地撕一张包玉石坯料的牛皮纸。包爱君绕过他俩进了厨房，打开冰箱，找出半打鸡蛋、一袋腊肠和昨天剩下的米粉，打算为大家做顿简单的饭。下午她会去超市买菜，给周思爱做一顿丰盛的饭，吃完送她离开。她不希望周思爱留下来。也许可以再留她住一天，最多两天，然后，要么她过境走人，要么她去警察局投案自首。

"确定去不去香港？"包爱君听见梁鼎在外间问周思爱，他是北方人，泡茶手艺生涩，弄得茶具叮当乱响,"已经有消息,就这几天,出入境管理局就停签赴港签注,不知道之前签的是不是算数,走晚了被拦在口岸这边,想走也走不了了。"

"管它呢,反正没人在乎。你不在乎,对吧?"周思爱嘲讽地说,"为什么人都这么自私?我做错什么了?"

包爱君能猜出周思爱说话的时候,看梁鼎的怨怼眼神。她的眼睛有点往下吊,外眦上挑,冷漠而严厉,但很奇怪,连包爱君都被它们的流光闪烁所吸引。不得不说,周思爱是个姿色不错的女人,尤其桀骜不驯扬起下颏的时候,没有几个男人不被她凌厉的目光所伤害。

"没有人把你当成敌人,"梁鼎说,"你应该反省一下,这么多年了,10年了吧,你总是捅娄子。你自己才是自己的敌人。你为什么不改一改脾气?"

"你是大人物了,梁鼎,你一直是大人物,连包爱君也是,"周思爱显然被激怒了,"你俩和他们一样,你俩是一路货色,我讨厌你说话的口气。"

"别忘了,这是在我家,"梁鼎咬住了,"在我和爱君家,轮不到你说这种话。"

"嚯,"周思爱笑了,"我是一个不知趣的人,你就是这个意思。"

"随你的便。"梁鼎把茶水沏入茶杯,听声音,包爱君就能猜出茶案上有水花溢出。

包爱君把青菜泡进水里，用搅拌器搅蛋。青菜有些过气，她打算用水焯一下，在水里滴几滴混合油，这样看起来不那么显出颓气。她无法理解周思爱，弄不清她的暴戾恣睢是打哪儿钻出来的，好像全世界都欠了她。但梁鼎说走晚了就过不了境，他说的是实话。二月的两会上，香港新民党党魁田北辰纠结港区代表委员提交限行提案，那以后，政府要颁布限行令的说法就满天飞。包爱君比别人更关心限行，倒不是因为周思爱，是她自己。她经营一家玉石作坊，店里三分之一的石料和人工来自深圳河对岸，自营的珠宝部分，半数也都是回销，说没做水客的事情，这话她说不出口。到底政策牵涉到生意，一旦限行令颁布，店里生意会受到严重影响，她为这事犯愁。

"为什么一见面你就教训我？你教训了我10年，还没有教训够？"客厅里传来茶水泼掉的声音，听上去不是碰翻掉，而是人所为。有一阵，客厅里的两个人没有说话，只听见梁鼎生气喝茶的声音。

包爱君想，幸亏泼的只是茶水，不是别的。

有一次，周思爱和客人闹起来，被客人绑架了，打电话要梁鼎去领人。梁鼎匆匆赶去东莞，第二天回来，进门沮丧地坐在沙发上不吭声。包爱君问他怎么了，他给包爱君看摔坏的手机。周思爱嫌他胆小，依了赖账的客人，向人家说了软话，对方赖的账给免掉了。按周思爱的意思，梁鼎应该提着一把菜刀冲进出租房。

包爱君很生气，手机是她刚给梁鼎买的，他本来用不上那么贵的手机，她自己也只用了一千多的3G机。她只是不想让自己的男人被人瞧不起，但谁又在乎这个？

包爱君用围裙垫住灶台，人支在锅边，等着锅里的水烧开，焯过青菜，再把腊肠煮一煮，这样切成形的腊肠显得好看。

第一次见到梁鼎，包爱君就喜欢上了他。

梁鼎替客户送一批南红石到包爱君店里，说好了老坑石，包爱君也是按遗石的价付了定金，结果梁鼎送来的货半数是新矿出的柿子红。包爱君不干，拉下脸，让梁鼎给供货方打电话，叫人亲自过来验货。

"马哥不让我给他打电话，他说如果你要问，就说他去缅甸了，不在保山。"梁鼎涨红着脸说，说完后脸更红了，低下头不敢看包爱君。

包爱君本来生着气，一下子就笑了，觉得这个男人太有意思了，连撒谎都不会，能干什么呀？那天包爱君故意怠慢梁鼎，人晾在一边，只管忙自己的。梁鼎反而松了一口气，也没闲着，热心快肠地帮新界过来的上蜡工给玉件煮蜡，忙得满头大汗。包爱君从蜡池边过，听见他埋怨不应该用蜡填塞玉件孔隙，应该把玉件送回师傅手中重新琢磨。

"玉颜本如此，何必马嵬泥。"他举着戴胶皮手套的两只手，在蜡池边转着圈，文绉绉地和新界人唠叨。

梁鼎不英俊，包爱君第一眼看到他时，甚至没有留意他的相貌。但和别的男人不同，梁鼎容易害羞，笑的时候有点紧张，嘴唇抿住，死也不肯露出雪白的牙齿，这在如今的男人当中实在不多见。何况，他识玉，且懂得疼玉，知瑕不掩，这不能不让有过不堪经历的包爱君心动。包爱君鬼迷心窍，那天竟然留下梁鼎吃饭，不到三个月，两个人就住到了一起。

包爱君和梁鼎第一次上床，两人结束生涩中的忙乱，黑暗中，梁鼎抚摸着她的肩头，突然停下来，手指头人偶似的，试探着在她锁骨上立起来。她不知道发生了什么，有点紧张。他抓住她的手，放在他胸前，示意她像他那样抚摸他；他带着炫耀的口气告诉她，两年前，他皮肤可没这么光滑，夏天连短袖都不敢穿。她一下子明白他过去的生活中发生了什么，汗毛竖立，立刻从他胸前抽回手。他捉住她的手，说没什么，动物都这样，一家人互相撕咬，还有咬死吃掉的。她不想听他说这个，把他紧紧搂入怀里，希望他停下来。但他还说。他说没有人知道，一个人怎么可以这么恨这个世界，连爱都要用憎恨的方式来表达，恨不能把世界撕碎。她毛骨悚然，用嘴去堵他的嘴。他神经质地哧哧笑着，躲开她的嘴，继续说。他说周思爱11岁就被在大学里念书的表叔奸污了,她不该长一双吊角眼,那双眼睛给她惹了多少事啊。她放弃嘴,换了乳房。他的声音被堵回嗓子眼里,像是落入了窨井下。

等他昏天黑地睡去,她去了卫生间,在那里咬着毛巾流泪,直到柳絮在渐至的黎明中飘落在窗台,她没有回到他身边。

认识梁鼎之后,包爱君就不断听人说起他和周思爱的事情,他俩有多爱对方。

他们生活在同一座小城市里,同届生,不同校。两人在一场校际演讲赛上相遇,分别是各自学校的主辩和二辩。那场辩论赛的激烈和精彩,以及最终一方主辩者把另一方二辩噎得当场落下耻辱的眼泪,至今为小城人记忆。从18岁到28岁,他俩分分合合,死过三次,三次都是一起赴死,闹得周边人全知道。有一次,她捅了他,捅重了,肠子流出来。她害怕他死掉,抢先服下两瓶安定。他在医院里拨不通她电话,拔掉滴管,捂着肚子赶回公寓,进门用力抽她脸,她沉睡着没醒过来,他一急,把剩下的安定倒进嘴里,心如死灰地躺到她身边。

包爱君知道,人们有问题,她自己亦如此;人们害怕失去什么,或者害怕自己什么也不是,于是就折腾,直到自己和对方伤痕累累。所以,在知道梁鼎和周思爱的事情之后,她想结束和梁鼎的关系。她觉得,梁鼎的过去太重了，自己也是；两个有着沉重过去的人，没有资格重新开始。

但他们没有分开。

梁鼎先是不解，每次两人交欢前，包爱君都准备好"杰士邦"，郑重其事地要他戴上。他哈哈大笑，人滑到床下。之前她告诉他，她卵巢早衰，不会再生育，要这样，他们没有必要采取措施，虽然他希望有人为他生孩子，而且为此试探过她。直到她歇斯底里发作，哭着告诉他，自打离开内地那个小县城之后，她老是梦见她失去的第一个孩子，还有第二个。她一直在梦中寻找他们，想知道他们是男孩还是女孩，要是她把他们生下来，他们蹒跚走在大街上，会不会引来无数人疼爱的眼光。她至少要骗骗自己，装作自己还有可能怀孕，不然他俩就和小区其他"夫妇"一样，只剩下盒饭式的情欲了。他坐在地上，呆呆地看她，手边是一只形状可笑的拖鞋，然后他朝她爬过去，挨了她一耳光，又一耳光，总算把她搂进怀里。

"我该死。"他说，"我该死。"

那天他一直没有松开她，对她反反复复说的只有这句话。然后他口气决绝地说，我们会有孩子的，我们会想出办法。

包爱君在冰箱的储藏盒里找到一只萝卜，看看萝卜还有水分，把萝卜削了，切成条，盛进盘子端进客厅。

"你有没有发现,他现在脾气越来越大了,"周思爱对包爱君说,"过去他对自己的女人从不这样,就像狗一样温存。"

包爱君看周思爱。周思爱脚下堆着一堆纸屑,斜眼盯着不远处的窗帘,看上去她在打窗帘的主意。包爱君想不明白,她怎么才能把那块麻质的窗帘布撕碎,就算能做到,她拿那堆碎布做什么?

"你想说什么?"梁鼎皱眉头。

"你知道。"

"闭嘴,你这样对爱君不礼貌。"

"这就是问题,"周思爱挑衅地看着梁鼎,"我不会倒卖假玉石,没钱给你买房,让你吃软饭,你觉得没有安全感。太好了,你们现在狼狈为奸,整垮了香港,真是了不起。为什么不给警察打电话,说杀人犯在你们这儿,反正你们已经决定了,我给你们提供机会。"

"水果吃完了,没来得及买,吃点萝卜吧。"包爱君把盛萝卜的盘子往前推了推,推到显眼处,这样两个人都能注意到。

"拿开,我不是看人眼色的乞丐,我又不去海港城抢包包!"周思爱愤怒地朝包爱君喊。

"我们小时候都吃过生萝卜。"梁鼎从盘子里拿了一块萝卜,用力咬一口,讨好地朝包爱君笑了笑,"生萝卜很好吃,对不对?"

"你小时候还吃过屎，"周思爱从沙发扶手上站起来，眉头扭曲，"太奇怪了，世界完全颠倒了，人们一点廉耻都没有，你们深圳人是怎么回事？"她身子往前倾，好像要冲过来，"我为什么到这儿来？你们很高兴看到我落到这个下场，对不对？"

"周思爱，你有病吧。"梁鼎的脸涨红了。

"别朝我伸手指头，小心我咬断它！"

包爱君看一眼无所适从的梁鼎，再看冷笑着的周思爱。梁鼎不是深圳人，现在还不是，但她俩分别和这个男人生活过，熟悉他；他不是什么出色品种，谈不上有多少手艺，很长一段时间没有固定职业，有点害羞，也许正是因为后者，她们没有离开他，不想离开他，只是她们当中一个人失去了这个男人，再也回不来了。想到这个，包爱君有点替周思爱难过。

"好了，没有必要激动，我们是在帮你。"她对周思爱说。

周思爱看了包爱君一眼，没说话，然后她怒气冲天地离开客厅，去了卫生间，重重地关上门，很快，马桶盖发出啪的一声巨响，然后是惊天动地冲水的声音。

吃过午饭，包爱君给店里打电话，叮嘱人；她今天不去店里，要员工把加工好的那批黄玉挂件送去南山科技园；她原来约了人谈限行令颁布后石料和人工来源问题，要助手打电话和人说抱歉，改约明天早茶。然后她带周思爱去步行街买衣裳。

她们一路上没有说话。周思爱把脸扭向车窗外,看西乡大道街景,指甲神经质地抠着坐垫。包爱君猜她是不会在这一带选择居住下来的公寓楼,她只身逃离,一分钱也没有,根本做不到。

包爱君在步行街路口把周思爱放下,给了她一张消费卡,是年前送人情没送完的,里面有500块钱。她想够了,又不是参加"唱衰港"团体的聚会,她只希望对方脱下自己的牛仔裤,她不想对方长而细的腿套在自己的裤子里,她再去穿回裤子,然后脱下来,上床和梁鼎厮混。

周思爱站在街边,有点不适应。离着不远,路口的球形石墩上坐着一个蓄着脏兮兮胡子的老男人。老男人穿一件军大衣,把自己打扮成大衣哥,神思恍惚地拉着一把高胡,唱一支胡诌的原创绕口,嗓子和琴声真是要了人的命。

包爱君把车从街口开走,去"新一佳"买菜。如果时间够,她打算绕道去"罗家臭豆腐"打包一份外卖。香港什么都有,但不会有正宗臭豆腐,她这样做,也算对得起周思爱。

车离开时,包爱君忍不住从后视镜里往回看,想知道那个在逃杀人犯会不会紧张。她看见周思爱蹲在大衣哥面前,手托着腮,像是在思考什么重大问题,然后她站起来，把一样东西塞进大衣哥手里，头也不回地离去。

包爱君心里咯噔了一下，她能判断出周思爱干了什么——她把消费卡布施送人了。

晚饭后，包爱君在厨房里洗碗，另两个人在客厅里吵架。周思爱后悔了，不想去香港。港区的"驱蝗"行动越来越频繁，她在那里一个人都不认识，没法生存，就算一时没有把持住，闹了事，再捅了人，进了香港监狱，刑满释放后也得被送回内地。

"你想我死在那边，你就彻底放心了，是不是？"周爱思朝梁鼎喊。

"你想怎么样？总不能待在这里害人。"梁鼎有点口吃地说。

"我害谁了？别忘了，你还没有攒够深户积分，不过是一粒灰尘，没人在意你，包爱君迟早会把你扫地出门！"

包爱君把注意力转移开，去看窗外。她的确在为梁鼎积分——梁鼎不到34岁，已经拿到5分；他是中专毕业，拿到20分；她替他补上了之前5年的社保，这样又多了25分；她通过自己的公司为他申请积分，为此多交了一年工伤保险，但也到手了10分。这样算下来，他已经有60分了。本来她打算把房产证改成两个人的名字，会一下子多出30分，但后来她犹豫了，换成用居住证积分，虽说基本没有多大用处，但到底给自己上了保险，以防万一。她准备花一笔钱，为他买一张珠宝鉴定技师的证书，这样就能直接加上90分，入户的事就能排队了。但她不想和别人讨论这件事。

窗外是自作多情的城市灯火，西乡河从小区旁边静静流过，在不远处进入珠江入海口。包爱君站在那里想，这有点像她和客厅里的那两个人——梁鼎发源于乌蒙山，周思爱和他相聚得早，在贵州或者广西两个人就交汇了，断断续续流出一条干流，自己则晚了许多，直到失魂落魄的梁鼎流入三角洲河网地区，她才与他相遇。其实，像她这样懵懵懂懂的河流，方圆数百公里内还有高明河、流溪河、沙河、雅瑶河、南岗河、增江、潭江和南坪河，它们只是没头没脑地随着珠江注入大海，根本无从知道自己汇入的那条干流，它们之前发生过的事情。

包爱君看着窗外夜景，突然就想到早上遇见的那只鸟儿，心里动了一下。也许它就在那儿，在黑暗中的某处河网地带看着她。她不相信它死了，不然怎么会找不到它的尸首？这说不过去。也许那只鸟儿有超能力，在迎头一撞后，去了一趟海湾，在那里梳理好被车窗玻璃弄乱的羽毛，返回城市快速道的植物带中，等待天亮后，再一次振翅而起，迎向车流。

鸟儿不是人，不关心限行令的事，也不用操心

2017年普选，人要走晚了过不去，鸟儿拦不住，这件事说得过去。

包爱君这么一想，就有些释然，觉得那只鸟儿很像自己，或者说，它和她是一类生命。她们在迎头一撞后，仍然会死而复活，养好伤口，汇入停不下来的生命潮流中。

半夜两点左右，包爱君突然从梦中醒来。她发现梁鼎不在身边，他的枕头乱糟糟掉在床下，人却不在卧室里。

包爱君起身披上衣裳，出了卧室。

客厅里没有灯，有一阵，包爱君没有看清楚，有点紧张和担心，但很快她就判断出了客厅里的情况。

是周思爱，她站在客厅的黑暗中，离窗户很近，指间夹着一支烟。烟是点着的，但她没有抽，好像那支烟只是她的一个陪伴，她需要它待在那里，不然她无法对付黑暗和寂静。

"如果我知道来到这个世界上会遭遇什么，"周思爱好像长了后眼睛，知道身后站着谁，她没有回头，"我会提前把自己掐死，免得人不待见。"

包爱君没有接话，黑暗中，她看不清周思爱的脸，只知道她还穿着那条没有换下来的牛仔裤，指间的香烟暗淡到快要看不见火头了。然后她转过身来，看着包爱君：

"最好他们直接判我死刑,这样事情就简单多了。"

"他们不会。"有一阵包爱君没有明白周思爱在说什么,两个人沉默了一会儿,然后包爱君明白过来对方说的是什么意思,"没有这个必要。"

"他们会,"周思爱隔着两张沙发与包爱君对峙,"他们巴不得,而且你并不知道他们是什么人。"

"但你不能往那方面想。"包爱君不知道自己为什么要说这个,但她就是这么想的,"你要对自己有信心。"

她们沉默了,但这个时间没有过多久。

"你想过你不在这个世界上的事情吗?"周思爱在黑暗中问。

"想过。"包爱君迟疑了一下说。

她回忆在故乡那个小镇上她失去的一切。有一段时间,她渴望离开这个世界,也许这样就会找到她想要找到的那两个小生命。离开小镇时她非常决绝,以为这样就会带走所有的过去,包括记忆。现在她不那么想了,她比什么时候都希望活下去,活得好好的,活出新的希望,这也是她为什么给自己买了一台保姆车的原因。

"我也想过,不止一次。"周思爱说了半句,打住话头,然后不知为什么,包爱君觉得对方在黑暗中笑了一下,"女人需要的不多,一共就两样,爱上一个人,被那个人爱。想一想,那个人是谁?他是否存在?你去哪儿找他?他会爱你吗?还是你和他永远也遇不上,凡是遇上的都是错的?"周思爱停下来,大概是在想自己究竟说了些什么,然后像是想不明白,怆然地摇摇头,"女人的一生就这么过去了。"

"时间不早了,你最好去睡一会儿。"包爱君不想讨论这个问题,她不认为汇入大海的河流会消失,她们的意见不会一致。

"知道吗,我没法和他安静地相处。"周思爱没有离开,把手中的烟头丢在地上,这一次,包爱君没有觉得有什么不好,"有时候,我怀疑,为什么老天让我遇上他。"她腰一折,极累地靠在窗台上,好像找到了一个理由让自己彻底松弛下来,"我俩是劫数,谁也绕不过对方。"她说,突然有些拦不住,语速快起来,"总有一天我会死。谁也逃不掉。也许我会惦记这个世界,会想我的外婆,还有上小学五年纪时送跳跳糖给我的那个羞涩男孩,他叫什么我忘了。但也许我谁也不会想。"

她突然打住,在黑暗中惶惑地朝两边看,好像在找什么,其实她什么也看不见。然后她彻底泄了劲,低下头朝客房走去,半路上碰到了什么,发出一阵响动,她像是被提醒了,回过头来。

"我不喜欢你的家,"她说,"收拾得太干净,化妆品也不适合我。但不得不说,你真是走了狗屎运,有一个家,家里有个男人,这太好了。"她停下来,头往下耷拉,看上去有一种放弃的样子,有一阵她没有说话,然后她开口说,"我们都爱过,对吗?"

包爱君松了一口气,她想,当然,但她没有说出来。"去睡吧,"她对黑暗中那个把自己摧毁掉的女人说,"明早还有不少事要做。"

包爱君出了门,坐电梯下楼。她不能肯定天亮以后,周思爱会不会再度改变念头,但这一次好像她真的下了决心,要是这样,她会为她聘一个好律师,而且不让她还律师费。包爱君想起有一次,她和梁鼎开玩笑,说你两个女人的名字里都有"爱"这个字呀。梁鼎不喜欢她提另一个女人,板着脸说,我没有两个女人,我只有你一个。也可能是受了刺激,也可能是故意,她没有管住自己的嘴,加了一句,怎么是一个,是两个,一个爱君,不爱自己,一个思爱成疾,你得永远管她,不然她病得更重。现在想起来,她觉得自己那句话有点任性,但并没有错,大家都病得很重,都找不到自己了。

包爱君在小区花园里找到了梁鼎。他蹲在一棵过了气的吊钟花树下,像一只失去了判断的草鸮。她在他身边站了一会儿,过去挨着他坐下。有两只鸟儿在他们头顶上,也许是三只,它们在树丛中叽叽喳喳商量着什么,然后嗖嗖地一只接一只飞走了。

"是夜莺,看它们的白肚皮。"她惊讶地说。

"迟早有一天它们会被撞死,不是被车,就是被云彩。"梁鼎粗声粗气地说,听口气有点赌气,见她扭头看他,越发赌气,"人们和鸟儿没有两样,对什么都好奇,总是和一些不相干的东西一起飞,有时候把握不住方向,一头撞上,一命呜呼,谁知道发生了什么。"

她从他脸上收回目光,觉得他说得对。他还是头一次说这么严肃的话,那些话底气十足,不像一个,怎么说呢,靠女人生活的男人嘴里说出来的。这让她有些茫然,又有些无名的高兴。她只是有些许遗憾,他说了那么多,却没有说她现在想的,他们曾经讨论过的。他没有说到希望。希望可能是一台保姆车,或者"我们会想出办法",但它不是面对世界一个劲儿地想,或者东张西望,那两种情况都是拿不定主意。希望是你伸出手,让你面前不停旋转的那个人停下来,你们一起闭着眼睛往前走,在某个离开困境的地方住下来,住妥帖了,为了自己,也为了爱你的人。

"别把你爱的人送去香港。"她脱口而出。

"什么?"他回过头来惊讶地看她,然后说,"我不爱她。"

"你爱过。以前。"她固执地说,"就算现在你变了,她没变,她仍然爱你,你这么做会后悔。"

"那我拿她怎么办?我送她去哪儿?"他被说中了,过了好长时间才闷闷不乐地说,"我总不能把她送到警察手上去吧?"

她没有接话,不是没话可接,是她觉得,那个逃亡者已经做出了决定,这种话不该她说。她挪近他,环住他的手臂。他的手臂有点发凉,但她没有表示出异样,把脸贴上去,整个身子缩进他怀里。她觉得他就像一个孩子,在这个星星稀疏的夜晚有些五心不定,有些懦弱,但没关系,他可以再想一想,或者不想,就这么坐着,借鸟儿离开的机会休息一下,然后再做出决定。总之,天亮之前,一切都还来得及;而且,天亮之后,鸟儿会回来。

2015年3月22日

于深圳梅林数叶轩

家乡菜，或者王子厨房的老鼠

周元林和黄小拉，他俩是大龄单身，周元林过年满30岁，黄小拉也过了28岁，俩人分别有过几段未果情感，最终又回到单身，就像两条从沸水锅中捞出的半熟排骨。

在婚介中心数据库资料表上，周元林和黄小拉是026791号组合，俩人的匹配率达到81.6%，据说在2818对适婚者中才会出现一次。所以，双方在婚介中心见面时，周元林相信，这一次他会成为一道成品咖喱排骨，被正式端上餐桌，不用继续待在沸水锅中打捞浮沫了。

黄小拉轻轻碰了碰周元林的手，后退一步，专注地看他。她穿一身大开领的碎花连衣裙，纤瘦而略为紧张，身高大约172厘米，比周元林矮了不到10厘米；她一只手叉在腰间，胯部的重心被推到另一边，这让细腰丰臀的她显得尤为抢眼。周元林立刻看出，026791号组合的另一半有着良好的生殖能力和愿望，如果她不反对，接下来他们可以有所作为。

因为是第一次见面，需要确认双方的适配度，以便顺利进入契合阶段，他们坐下来交谈。可不到两分钟，黄小拉的脸就松弛下来，脚不自主地转向门的方向，这暴露出她坐不住，想要尽快离开的愿望。周元林那个时候实在糟糕，任何有效反应都没有，他给黄小拉的印象，就是一张善于表达安静的脸。在某种程度上，它表达了比其他生动和精彩的男人脸拥有隐藏和撒谎的技能，这种精湛的技能来自事主父母的基因，和他上过的那些学校；他们让他生下来就携带上克制的遗传基因，以保全家族的尊严，或者从小教育他在公共场合隐瞒自己的真实念头，以确保社会的和谐，但那一点忙都帮不上他。又过了半分钟，黄小拉终于站起来，取过一旁的手包，说就这样吧，我们以后再联系。

对026791号组合配对的结果，周元林有点遗憾。

周元林是一名高级厨师，在一家名叫"王子厨房"的粤菜馆工作，戴那种25厘米高的克莱姆厨师帽；他不擅烟酒，按职业要求不蓄指甲，不留长发，每年做两次呼吸系统检查，早上出门前换上干净的休闲款棉质衣裳，没有怪异的辟谷行为，中午以后不进五鼎食，因此保持着较好体形；他业余时间喜欢上"知乎"，有几个性格温和的同性朋友，与异性大致保持着相互不交流私人生活的安全距离；在"王子厨房"，他有18个同样级别的同行，他们上面有一位总厨和两位大厨，那三个家伙戴29.5厘米高的厨师帽——要知道，周元林拿到三级资格证已满5年，如果继续努力，不碰上经济危机或者别的什么倒霉事，再过5年他就有希望升技师。总之，如果人们不受孟子"君子远庖厨"的影响，而接受仓颉"厨主食者也"的观念，周元林大体上算是一个条件不错的男人，不应该被人抛弃。

而黄小拉在食品药品监管部门工作,有一份稳定的收入,目光澄澈,胸形适中,这表示她没有什么危险,是周元林欣赏的那一类女人。如果他俩谈下去,也许她会从浩如烟波的大数据中走出来,成为他的妻子,以及他孩子的妈妈。但是很明显,周元林在某个方面没有让她满意,他被她从配对表中删除了。

周元林遗憾了两天,倒是没有替自己多委屈,事情过了也就过了,他耐心地等待婚介中心为他安排下一次见面。

20多天后,周元林正在作业台前工作,接到一个陌生的电话。

周元林脸上带着从容的微笑,烹制一道潮汕蚝仔烙。这道菜是32号散台客人点的,点菜员在菜单上注明,"一对小恋人,男蓄长发,女留短发"。优秀的厨师工作的时候,脸上都会带着由衷的微笑,他们相信微笑时产生的良好情绪,能够传染给龙虾、鳕鱼、鹅肝、栗子、口蘑、青笋、草莓、洛神花、乳酪和橄榄油,它们会心情舒畅,焕发出潜藏的美味。至于点菜员在菜单上的提示,则表示"王子厨房"是一家新式概念菜馆,厨师做这道菜时,在菜式和摆盘上要完成角色互换工作,而不是烹饪一道传统菜,或者在第三性的食材上做选材工作。

周元林用搅拌器把沙井养殖的鲜蚝打成浆粉,片成薄片的五花肉化入鲜蚝浆中，番薯粉捏成鲜蚝模样，在七成热的橄榄油中耐心地煎制。一位厨工从更衣间出来，告诉周元林，他锁在衣柜里的电话响了。周元林表示知道了，并且开始煎制蚝仔饼的另一面，等菜肴烹制完成，搅匀的鸡蛋液浇在蚝饼上，出锅装盘，撒上葱花，让厨工送去传菜台，然后洗过手，去了更衣间。

手机上有两个陌生的未接来电，来自同一个号码。周元林正打算把电话收回衣柜中，那个陌生号码再度打了过来。他接了电话。对方是个女性，上来就问："你平时吃什么？"

周元林没有听明白。还能吃什么？他不是跳蚤，不吮吸动物血液，但就基础食材的成分，好像也差不太多。

"您能不能先告诉我，"他温和地对电话那头说，"您是狗还是猫，或者是别的什么。我不知道还有什么，也许我把重要的东西遗忘了。顺便请告诉我，您属于什么品种。"

周元林这么说，完全不能怪他，两天前他接到一个陌生人的电话，打电话的男人说他是一条狗，然后在电话那头和他探讨了半天作为狗如何与人交流的问题。对方被这个问题困扰得患上了抑郁症，为了证明他的确很苦恼，他说了一个周元林从没听说的狗品种，就像那种用羊血和蟹肉做主菜，搭配海虹和杨梅做配菜，把材料填入鲢鱼头中上屉慢火蒸,揭屉后淋上香椿泥和蒜黄调和成的作料,再用冻豆腐和炸薯片摆盘,然后端上桌的一道复杂菜式。

"我是黄小拉,我们20天前见过,"电话那头的女人说,"我说过以后联系,我觉得现在是时候了。"

周元林眼前立刻浮现出一件碎花连衣裙、一只手叉在腰间、胯部重心被推到另一边,这让连衣裙裹着的细腰丰臀尤为抢眼,然后是一双转向门口的脚,它们套在一双由某一种蹄类动物的皮做成的漆面皮凉鞋里,鞋的其他部分大概在几年前被他的某个同行当作材料,做成了红酒烩或秘制或咖喱什么的菜式了。

周元林掩上更衣间的门,把工作间叮当响的喧闹声关在外面。他说是你呀。

黄小拉说是我。她说你平时吃什么。

周元林想了想,说出他今天早餐的品种:一小碟豉汁碌鹅(昨晚炖在电子卤罐里)、一份海苔披虾肠(清晨6点研磨机定时启动)、一份紫薯烤蛋(早上起床后入烤箱)、一盅生滚田鸡粥(早上起床后现煲);然后是昨天晚上的食谱:慈姑墨鱼干红烧肉、沙姜焓小章鱼、鲜贝烧花椰菜和一盅节瓜蚝豉老火靓汤;然后是昨天中午的食谱:一碟脆皮烧肉、一盅生菜鸡汤鲮鱼球、四小块客家酿豆腐,主食是腊味煲仔饭。他的意思是,依此类推,她大体能判断出他平时吃什么。他只是有点好奇，她为什么问这个。

黄小拉没有在电话里解释，提出俩人见一面，这让周元林感到意外。他打算摆出一种略为犹豫的样子，以示事情并不在他的计划中，实际上他立刻答应下来。

下班以后，俩人在笔架山公园见了面。地方是黄小拉挑选的，她就住在附近；她告诉周元林自己还有事，只能待一会儿。周元林说没关系，我也忙，一会儿要赶回去。黄小拉没有看出周元林有点不悦，急匆匆说，约他出来是想告诉他，她一直在为嫁给哪一种职业的男人而纠结。总体说，她不排斥患有轻度神经质的设计师，稍许有点强迫症的创客也行，只要对方是个能做饭的男人。

周元林一时没有明白黄小拉这话是什么意思，他觉得受到了侮辱。他不是简单的能做饭，他是正经厨师，三汤两割，炮龙烹凤，庖厨是职业，如果不出差错，这份职业他打算一辈子做下去。他把这个意思告诉黄小拉，她一点都没有犹豫，立刻说：

"我们谈恋爱吧！"她目光灼灼地看着周元林，"不，我们结婚吧。"

周元林血往脑门上涌，差点没晕过去，幸亏笔架山公园里植被长势茂盛，供氧量充足，他没有咣当一声倒下去。现在他相信，大数据说他俩匹配度达到81.6%，婚配概率在2818对适婚者中才会出现一对，是完全有道理的。

事情在春天发生，到了夏天，周元林和黄小拉的关系进展得很顺利。不过，他们没有立刻结婚。主要是周元林觉得，结婚是大事，既然两人的关系决定下来了，就不必心急火燎。要知道，从准备食材到上桌，佛跳墙需要168小时；从修割腿坯到出堆下架，伊比利亚火腿需要26280小时。只有那些对生活不抱希望的人，才吃快餐工厂生产出的让人脑子僵硬的食物。

周元林把他的想法告诉了黄小拉，当然，他不是随便和她谈论这件事，为此，他把她带到自己的公寓，为她精心制作了一只慕斯蛋糕。

先说周元林的公寓，它是一座食物在烹调过程中成长为美食的神秘乐园，在慕斯蛋糕这档节目中，它充当了一座奇妙的舞台，以至于周元林的计划能够如愿实施。

公寓86平方米大，采光良好，除了密封式卫生间，所有的地方都被充分利用起来。进门处，疏密相间的绿萝形成一道自然屏风，为神秘的居所制造出舒心的田园联想。沿东边一整面墙，一排由高密度玻璃搭建起来的料理台阔绰到令人生气，如果一只蟑螂恰好爬上去，它会因为从这一头到另一头的长途奔波吐血累死。刀架上，安静地插放在整套德国"膳魔"牌刀具，"SICIOL"不锈钢洗碗槽旁是"西门子"洗碗机，它们的头顶，上掀式吊柜里整齐地摆放着两套"龙"牌瓷、两套"巴度"骨瓷。靠北一面墙,灶具台用原木防火板搭建,主位留给燃烧技术之王"林内"煤气灶和同品牌烟灶联运排油烟机,上掀式电器柜中,依次嵌入"松下"微波炉和"伊莱克斯"烘烤箱,"卡萨帝"气悬浮冰箱则巧妙地匿藏在西墙的橱柜旁,这样,它就远远离开了灶具,避免了水火相冲的厨忌,而灶具也远远离开公寓的门窗,严格恪守了灶王爷"食者,禄也"的戒律。至于西边靠墙的两只古典橱柜,它们气定神闲,橱柜上所有的图案都由手工雕刻,是整个公寓的点睛之笔。

周元林的慕斯蛋糕就是在这座美丽的食物乐园中烹制出来的。那是一款可爱的甜品,它有一个美丽而意味深长的名字——"甜蜜的凝视"。它需要耐心而有创见的工作:在上等奶油中添加奇妙的辅料,让它产生出千变万化的味层;蛋糕在烘焙好后,还要在表面均匀地撒上一层栗子面,放入冰箱中适温冷冻;两小时后,它才会焕发出其味无穷的迷人口感。

作为厨师和移民,周元林深知"甜蜜的凝视"具有的强大治愈力量。记不清有多少次,他被充斥职场的割烹伤残到半生不熟,茕茕孤立地回到公寓,夜深人静时,没心没肺地为自己打蛋清,做蛋糕,一口一口吃下去;那一份暖意无限的口感,曾经让他销魂到想要哭泣。正是因为这个,同为移民、同在职场的黄小拉有充足的理由在品尝过"甜蜜的凝视"后,毫无悬念地同意他的建议。她当然不会选择腌制伊比利亚火腿那么长的周期,但烹制佛跳墙的时间,她应该有足够的耐心去等待。

"最后一个问题,你睡在哪儿?"

在品尝过"甜蜜的凝视"后,黄小拉用迷人的动作小心翼翼舔去嘴角的奶油,困惑地看着周元林。

"我指的是,我俩以后睡在哪儿?"

周元林脸上带着一贯制的微笑,欣赏着黄小拉好奇的样子。她简直就是产自托斯卡拉小镇,有着阿尔法男性荷尔蒙气味的神奇白松露,他想。而他,则是领有正式牌照,对性信息素嗅觉敏锐的雌性搜寻犬。两个人的性别好像有点颠倒,但专注地追踪高贵食材,那之后水火相济、三齉八萁的奥妙全在其中。

周元林抽出一张纸巾,为黄小拉擦去下颏上的一星奶油,把她从房间中央造型风趣的饭桌边拉起来,牵着她的手,领她到水槽边,把她转向屋子中央,然后摁下遥控器。

有一段时间,公寓里很安静,能够听见冰箱的压缩机传来告别慕斯蛋糕后余音缭绕的叹息。接着,一声俏皮的咔嗒声传来,暗藏在饭桌下的搭扣脱离,桌面徐徐离开桌腿,头顶的天花板同时开启,细如龙须面的四具角爪欢天喜地降下,牢牢扣住桌面,将它迎接上天花板，那里立刻出现了一幅"小王子与狐狸"的套色版画，它事先镶嵌在饭桌背面。紧接着，饭桌下部的液压装置启动，桌腿优雅地延伸，埋藏在其间的折叠床雍容地开启，桃花鱼般漫向四周，滑扣咔嗒一声固定住，一张舒适而浪漫的沙发床诞生了。

周元林从黄小拉惊讶的目光中看出了她有多欢喜，不是那张有着发胀材料装置的沙发床，而是那张床所在的位置——有谁比一个拿定主意要在5年时间内让脑袋再长出4.5厘米高的厨师更知道食色同位的意义呢？

秋天来临的时候，周元林和黄小拉开始筹备婚礼。他们原来打算筹备一季树莓成熟的时间，又担心那个时间太长，婚礼会因此稍许变酸，因此放弃。他们同时考虑了无花果、杨桃和西番莲成熟的时间，最终选择了一季"多克拉"水果玉米成熟的时间。

现在可以讲讲黄小拉的过去了。

在周元林看来，他和黄小拉的年纪都不小了。作为食材，他们经过了漫长岁月的成长、采撷和清洗，到了可以被烹制成美食的成熟期。此刻，回顾一下成长经历，并且向无私养育他们的土地，或者别的什么环境表示一点敬畏，会让他们的婚姻更加美满。

黄小拉有过六段感情生活，也许五段或者七段，这都没什么，能够确信的是，其中一段影响了黄小拉作为食材的特性。那段经历发生在9年前，时间大约是一只走地鸡啄破蛋壳，到食材商将它收购入笼那么长，那是黄小拉一生中最投入的一次，为这个她差点没死掉。

情况大致是，19岁的黄小拉爱上了一个年龄比她整整大一轮的男人——通常就是这样，人们喜欢用老姜和陈皮烹制卤汁淋烤乳鸽，用当季芦笋爆炒3年老鸭的胸脯肉，让鲜嫩食材在老辅材的调适中焕发出别样的滋味——黄小拉中专毕业，来到深圳，因为之前两段无疾而终的感情，心里充满忧伤。那个男人是大学教授，教育部某个人才计划名单上的培养对象，他妻子刚刚去世，他痛苦得像一只失去配偶的灰冕鹤。他们在一场诗歌分享会上认识，那以后，男人常给黄小拉打电话，在电话里倾诉对亡妻的刻骨思念。

据说，男人的声音受过训练，有一种令人魂牵梦萦的缥缈音质。周元林没有音乐家的听力，按照他的理解，那声音就像一棵切碎的新鲜芫荽，六神无主地在空气中弥漫，传达出食物对食客所有可以相见的依恋。在一个由陌生人构成的城市里生活，人们受体基因脆弱，基因中的变体OR6A2显得尤其发达，会对醛类物质，比如来自异性的气息产生异常敏感的亲切关联和假想。大约因为这个，黄小拉爱上了这个男人。

男人也爱黄小拉，他问她注意过自己的可爱没有，他很奇怪她为什么没有男朋友。这就和一棵孤零零的杨梅一样，人们觉得它附近没有生长出桃、李、杏、枣是一件不可思议的事情。他惊喜地想知道，她是不是上天派来拯救他的，他发誓他真切地听到了上天的回音。

男人约黄小拉外出听音乐、看电影、去海边栈道骑自行车。如果在海边，大部分时间，他们象征性地戴着头盔，车子停靠在滨海公园花廊前，人坐在某片盛开的簕杜鹃旁，他给她讲述优秀亡妻的种种故事；在他的讲述中，黄小拉静静地想象那个未曾谋面，却享有一个成熟男人刻骨牵挂的幸福女人。离他们不远处，一些浅海软体动物或者介壳类动物静静地观察着他们，在某些时候，他（它）们互为食材。

在这期间，年轻的黄小拉经历了两次找工过程，世界性经济危机让这座以代工著名的城市遭遇到沉重的打击，她和很多外省人失去了工作，整天奔波在森林般密集的写字楼中，盼望在积蓄用光之前，手中能奇迹般出现一份用工合同。这个时候，男人给黄小拉打来了电话。她很欣喜。她需要安慰，需要这一次，她和他换一个角色，由他来听她喋喋不休地倾诉她的遭遇。可他没等她说一句话就语气轻快地告诉她，他突然有了顿悟，他相信亡妻在另一个世界里生活得很好，同时希望他也很好地生活下去，别再苦苦地牵挂她，现在，他终于走出来了，而且可以继续往前走了。

"谢谢你的陪伴，我会永远记住你。"他在电话那头快乐地对她说。

"只是，记住？"她当时就傻了。

"对呀，"他说，"一个人要记住很多东西，而且要懂得感恩。"

黄小拉完全转不过弯来，他说过他爱她，说过她是上天派来拯救他的，现在她才知道，她那么想完全是错的，人们对爱的理解不是一个标准。

后来她给他打过一个电话，在她筋疲力尽签下一份用工合同后。她希望他为她的努力高兴，也许他会说上一句勉励的话。电话接通，鲜活的生活声涌来，一个女人在电话那头开心地大笑，还有若隐若现的音乐，以及他吩咐谁把炉子上的火关掉的声音。她确信此时的他真的已经走出来了，不再忧郁。她觉得她不应该再要求什么勉励，于是在他对着电话问"哪位"的时候，把电话挂掉。

关于黄小拉过去的经历，周元林觉得除了这一次，其他的都属于餐前小点，没有什么值得特别介绍。人们在人生中需要试菜，谁都有过菜品选择失误、配料失当、调料失度、火候失控甚至煳锅的经历，他自己也这样。有一次，他希望赶走老是在耳朵里喋喋不休的某个小人，他想不起来了，那个小人可能和他一样，是个野心勃勃想让自己脑袋升高的家伙。他后来把厨纸撕碎，蘸上浙醋，塞进耳朵眼里，事情就结束了。还有一段时间，他把积攒下来的钱全部花在厨房式公寓的布置上，为了筹到足够的费用,他和朋友们不再交往。过去,他的父母把工资花在信纸和邮票上,一些亲戚把钱花在买狗粮或猫沙上,这都差不多;他是幸运的,没有落下什么坏习惯,只是在试菜的过程中失过手而已。

现在我们知道了,周元林和黄小拉,他俩打算在冬天走进婚姻的殿堂,为此,他们经过了充分准备——拍了婚纱照,和旅行社商量好度假计划,订好酒楼,发出喜帖。周元林亲自设计了酒席的菜单,当然会有韭黄猪肉饺子,配广醋和宋城烂蒜,主菜是口外羊肉锅,严谨的立冬菜式。他们计划在立冬这一天举办婚礼,他俩觉得,那会是一个美妙的冬天。

事情就出在这个时候。

离举办婚礼的日期还有一个月,那一天,周元林刚下班,黄小拉打来电话。她劈头就问,"王子厨房"是不是有老鼠。

他笑了,他说有,城市里到处都是老鼠,别的城市也有,要知道老鼠有多勇敢,它们差不多是世界上最顽强的生命。

她在电话那头沉默不语。

他问你怎么了,是不是不放心婚戒?它的确没有卡地亚和蒂芙尼响亮,但也不错,我们只要不在婚礼上戴错手指就行。

她还是不说话。

他说，不是这个？是礼糖盒？这个你放心，我一粒粒挑选过，立冬不食糕，一死一旮旯，我把巧克力全挑出来了，这样，什么问题都没有了。

她开始在电话那头嘤嘤地哭泣，然后她对他大发脾气，说他什么也不懂，他在欺骗她。她问他为什么要笑。

他没笑。但她就是听到了他的笑声。他猜她是婚前恐惧症，有点紧张，就像冻肉放入高温下，难免会起一层硬膜。有一阵，他想他最好不说话，这样她也许能平静下来，往脸上贴点什么，然后上床去哭第二次。

她果然平静下来，在电话那头说出了下面的话：

"周元林，你就是'王子厨房'的老鼠，你一个字也不提，从未告诉过我。"

她说他是老鼠，他能听出来，她指的不是餐厅为员工提供的工作餐，那不算不劳而获，他也从来没有从餐厅里夹带任何餐盒回公寓，她说的不是这个意思。

"好吧，"有一阵他沉默不语，然后他说，"那你呢？我是老鼠，你是什么？"

"不知道，"她说，然后在电话那头号啕大哭，"我不知道，我就是为这个才难过。"

你可以想象周元林当时的感觉。

事实上，这种事不止一次出现。在一个月时间里，或者不是周元林，而是别的什么事情惹黄小拉心烦意乱，她总是生气和哭泣，就像一颗被抛进大气层中开始燃烧并且被燃烧弄得不知所措的流星，毫无征兆地向他坠落下来。有好几次，她在电话那头对他发脾气，说她要过来和他讲道理，那之前，什么事情都没有发生，就算有，也是一些不起眼的事情：比如婚前体检的时候她要不要做卵巢项目，他要不要做精子项目，他们把蜜月的大部分时间安排在额济纳还是德令哈。一般情况下，她说什么他都会依着她的性子，把所有决定权交给她。而且，她说要和他讲道理，她真的会赶到他的公寓。她进门时的样子疲惫不堪，好像每一次离开这里之后，她都不曾合过眼。一进门她就抢过遥控器，摁下启动键，收起隐藏着小王子的桌面，展开床垫，直接扑上床，很快就睡着了。接下来，他会为她盖上被子，把她的鞋子拿到门外，在门廊的鞋柜里放好，回到公寓，关上门，拉上窗帘，以免夜里有风进来吹凉了她。通常情况下，她都睡得很死，一点动静也没有，他把充电器拿进封闭式卫生间，关上卫生间的门，在那里读一会儿"知乎"，最终靠在马桶睡着。他只对一件事情感到困惑，他的确有一间特殊的公寓，它是食材成长为食物的花园，也许因为如此，比她的卧室舒服暖和，但也许不是，而是别的什么原因，她会把它当作一张床。

别的时候，一般在天亮之后，她会从沉睡中醒来，整个人完全缓释下来，不再那么紧张，好像之前什么事情也没有发生。有几次,他按照她的意思准备了冷餐篮,她拉他去爬梧桐山,或者他提议去看一场电影,他从总厨那里知道一部正在上映的电影,男主人公为女主人公烹制了一款普罗旺斯红酒焖牛肉,那道菜改变了女主人公的命运;他会告诉她那个把平庸变成奇迹的秘诀,它们取决于迷迭香的添加顺序,还有一升来自罗瓦河谷的干红。他们去看了那场电影,从电影院出来的时候她哈哈大笑,看上去很开心,而且她的高兴如明前春芹,没有受到任何山岚的侵扰。

但这种情况不多。前往冬天的日子突然变得漫长起来,黄小拉烦躁的频率越来越高,周元林推测她受了秋燥之苦,六淫中两邪湿毒。他试过用红豉油、三渗酱、南姜和桔油为她祛除胸痞苔滞,清理体内瘴气。它们经过精心酿造,比薏米、凉瓜、芡实和赤豆更具除湿祛热功能。湿热就像一种错误,人必须从错误的生活中学会生活,周元林就是一个例子。他父母在这座城市刚刚建成时来到这里,打拼并且生下他,后来他们亏掉最后一分钱,带着失望和屈辱离开,他留了下来。不能因为父母是生活的失败者,他就陪着一起失败。他凭着一名厨师的经验知道,人早先是软体动物,然后变得坚硬,成为脊椎动物。人们必须相信,并非所有的浪头都有摧毁的力量,这样他们才能离开海洋,水淋淋爬上滩涂。这就是为什么人们走在大街上,看到来自同一生命出处的同类，他们的脸上会带着不一样的奇怪笑容的原因。

但是没有用，周元林用尽了已知的食谱为黄小拉做菜，她总是用怀疑的目光看他精心烹制出的菜肴，然后像他俩头一次见面的时候那样，夺拉下手腕，退后一步。她那个样子，就像翅膀受了伤的鸟儿，柔弱得令人心疼。

"别害我，"她露出一副困惑的，甚至有些乞求的表情说，"我不信你这一套，你别想骗过我。"

周元林被未婚妻折腾得疲惫不堪，那段时间老是做梦。在梦中，他听见有什么东西从很高的地方穿过空气，落下来，砸在地上，碎了一地。醒来之后，他去寻找，地上空空如也，什么也没有。他猜那是黄小拉，或者像她一样别的什么人，她和他们从什么地方跌落下来，消失在碎屑中。他猜想，在梦中，人们成了瓷器人，很多人都染上了碎裂的疾病。他猜想，如果天天做这样的梦，迟早有一天，他也会成为一只从空中坠落下来的瓷器。

有那么两天，周元林脑子里一片混乱，想不清他应不应该继续下去，走进婚姻。当然，他不会在工作的时候想，不会在炖老火靓汤的时候、烤乳猪和烧鹅的时候、做咸鱼茄子煲或者广式脆皮烧肉的时候想这些；他把工作和生活分得很清，他希望5年之后能戴上29.5厘米高的克莱姆厨师帽，不会让烦恼的私事影响工作。

后来他想明白了，他当然会继续往前走，和黄小拉结婚；他想在这座城市里安一个家，如果不结婚，他就没有家，就像厨房里没有火，他无法把生活熬煮成熟。

周元林这么想，他觉得自己一点错也没有，只是有些无来由的愤怒。他对城市没有什么愤怒，他对城市根本就不了解，他和大多数人一样，在某个油腻的工作间熬过一日又一日。对他来说，城市里没有苍鹰和白鹭，阳光被分割成了碎片，不再是一整块，但它什么错也没有，它有什么错呢？他需要城市，就像水果之于果斗，其他人也一样，他们像牛腱肉之于剔筋刀、鸡蛋之于搅拌器、冷油之于旺火、口欲之于色香味，人们需要在烹饪中完成生命的转型，没有城市，他们找不到烹饪之器。他只是不知道拿黄小拉怎么办，不知道她的生活缺了什么，漏洞在哪里，用什么才能填满它，或者它们。

周元林深陷绝望，消瘦得厉害。那一天，也是渴骥奔泉，他去了食品药品监管局，把黄小拉叫出办公室。他对她说，小拉，我们结婚吧。他的意思是，他俩用不着再等一个月，等到"盛德在水，天子乃斋，食瓜祭先"的立冬，他们现在就可以把婚结了，这样他们就可以"拟约三九吟梅雪，还借自家小火炉"，可以共同面对生命中湿毒的侵扰了。

"很多时候，我会想起以前的经历，"她困惑地看着他，就像看着一道她从来没有尝试过的菜，犹豫地说，

"离开家乡以后,那些逝去的经历仍然散发着一种滋味,随时随地跟着我,你猜那滋味像什么?"

他在心里想她说的话,想那是什么滋味。理论上讲,食物举五味,酸、苦、甘、辛、咸,五味配五行。西方佛教也讲五味,乳、酪、生酥、熟酥、醍醐,对应华严、阿含、方等、般若和法华涅槃。但那是哲学,用到生活中就靠不住了,比如不同的食材,它们的滋味至少有数万种,要是搭配起来滋味会更复杂,黄小拉的经历是一道曾经烹饪过的食物,即便盐梅相成,水火不避,他俩到底是煎割不同的两道菜肴,他猜不出它们是什么滋味,回答不了。

"贝壳沙。"她盯着他说。

他踟蹰了一下,立刻明白了。那些腹足纲类动物,它们或者在大海里老去,或者离开大海,做了人类餐桌上的材料,留下的躯壳被潮汐不断冲击,变成沙砾,散布在各地,却永远保留着生命鲜活时的气味。

"我曾想要你带我去顺德佬餐馆,"她目光空洞地看着走廊尽头的一道光说,"我们在那里点两样海鲜,这样我俩就像有着生活气息,同时能够找到前世基因的亲人,不会被遗忘在漫无边际的海滩上了。"

"为什么不告诉我?"他说,虽然这样做有点像凭吊,而且多少透露出对自己职业能力的不信任,让他受到一些伤害,但他确信他会那样做,"我会带你去。"

"因为风。"她说。

很长一段时间,周元林没有明白黄小拉的意思,后来他明白过来,她是害怕风。她担心一旦走进海鲜餐厅,潮湿的海风会带来盐分,浸渍进她的棉质衬衣。如果这样,她会害怕,会有一种强烈的渴望,急匆匆站到水龙头下,用清水冲洗去重新返回生命的一切生活痕迹,这个强烈的念头阻止了她的口腹之欲。

周元林被黄小拉的说法惊愕在那里,然后有人过来,要黄小拉去办一件事,黄小拉抱歉地把周元林送到电梯口,周元林沮丧地下到地库,找到他的车。拉开车门的时候,他突然想起他和黄小拉的关系,第026791号配对,它是如何完成的——在了不起的大数据宣告失败后,她给他打来电话,在电话那头问,你吃什么?然后她说,我们结婚吧。他们确立了关系,筹备婚礼,在此期间,他请她吃饭,为祛除她体内蓄积的湿热精心烹制菜肴,每一次她都拒绝了;他为他俩准备的登山食篮,那里面的任何食物她都没有动一下,连一片甜橙都没有吃过。只有一次,在她急匆匆想要和他结婚的时候,他把她请到他的公寓,向她解释烹制佛跳墙和伊比利亚火腿时耐心的重要性,为她做了一份名叫"甜蜜的凝视"的慕斯蛋糕,她唯一一次当着他的面吃掉一小块蛋糕;现在他知道了,她在抵抗食物的诱惑,它们会把她带回往昔之中,让她重返恐惧;她眼中流露出欢喜,不是因为蛋糕的美味,而是放置在公寓中央的饭桌,它从她眼中消失,被公寓的某个空间吞噬掉,她不再有对往昔记忆的担忧;她小心翼翼地伸出舌头,舔去嘴角的栗子粉,她的困惑正是来自食物诱发的回忆。

周元林不太清楚这是怎么回事,不太清楚黄小拉,他的未婚妻,是不是患上了厌食症。要是这样,情况就变得麻烦:就算他俩不能建立家庭,社会也宽容她的身体抗议,她同样活不了多久;如果发生了这样的事情,就算他戴上29.5厘米高的厨师帽又能怎样?

周元林从车上跳下来,拨通了黄小拉的电话。电话响了好一会儿她才接。他听见电话那头传来一片嘈杂声,有人在说沙门菌或者金黄色葡萄球菌的事,听上去像在说一场球赛,然后她接了电话。

"告诉我,你平时吃什么?"没等她开口他就急切地问。

她在电话那头没有说话,他能想象她在迟疑。

"你说我是老鼠,知道老鼠吃什么?"他急匆匆地说,声音在车库里回荡,"它们什么都吃,有一种老鼠连猫都吃,我不知道它是什么品种,但它的确吃过猫。好了,现在告诉我,你吃什么?"

她仍然没有说话。他在等待,隔着18层楼。他们都渴望建立一个家庭,那不是房子,而是让房子变得有意义的人的关系。有时候他们会把一些具体的东西当成家,他们在床上,或者别的什么地方,她会把他的怀抱、他的性器当成她的家;他也一样,他会把她的乳房和阴道当成他的家。但他们都知道,并且从来不会欺骗自己,那些器官不是家,它们很重要,但它们不是真实意义的家,就像茱萸的螺旋状花丝不是家,石榴的瓶状子房不是家一样;他们一直在寻找真正意义上的家,寻找从花粉到果实的全部过程。这个过程不管有多困难,他们需要把花粉变成种子,把食材变成食物,需要缓慢、流动、持久信任的生活链,需要让自己相信,他们可以在以往的成长过程离开和失去之后,生活仍然可以继续下去。如果没有这个,就算他们整天裸露着,什么也不穿,也只是一些食材,无法进入最终的生命呈现。

在漫长的等待后,她开口了。

"我不知道。"她说,"我在想我过去吃的是什么,我一直在想它们。"

"你指的是家乡的那些菜肴,你记忆中的菜肴,对吗?"他试图跟上她的思路。

"可能吧。"她犹豫不决地说。

他能想象她此刻的样子,她下意识地抬起一只手,把它放在后颈窝上,脸上带着苦恼的神情,像受到了某种威胁。

"我说不清,但我的确在想它们,我已经记不清它们的样子和味道了,它们好像从来没有在我的生活中出现过。"有一阵她没有说话,然后她说,"在没有弄清楚这一切之前,我不知道我该吃什么。"

那天晚上,周元林坐在自己的公寓里,它看上去像一个食材成长为食物的标准化生长营地,他坐在饭桌前,它的背面是"小王子与狐狸"套色版画,他在冬天将至的某个夜晚静静地坐在那里,就像坐在生死关头。

凌晨到来的时候,周元林离开公寓,乘电梯下楼,在街头拦下一辆出租车,返回他工作的"王子厨房"。

餐厅里很安静,食物隔夜的发酵味道在四下里缓慢地弥漫。他驻足倾听,然后走进操作间,走到工作台前,那是他熟悉的地方。他在那里蹲下来,趴到地上,想象自己是一只相当大的啮齿类动物,想象在那之前,他曾经经历过怎样的食物链,它们都是一些什么样的滋味。

2015年4月30日
于深圳梅林数叶轩
2015年7月25日
改于深圳梅林听云轩

你可以做无数道小菜，也可以只做一道大菜

简小恬在厨房里做饭。佟子诚躺在里屋的床上看网剧《上瘾》。佟子诚有一双好看的手,手指修长,指甲红润,这样的手拿着金色的iPhone6s,绝对是一幅让人心动的画面。

饭菜是按照佟子诚的口味做的。

佟子诚是贵州人,喜欢干锅和腊味,尤其喜酸,两个人在一起之前,他好脾气地向简小恬宣传自己的饮食原则,三天不食酸,走路打蹿蹿,命可以丢,杀毒灭菌去油脂的那碗酸汤,绝对不能少。

酸汤不好做,深圳没有毛辣果,木姜子也不好找。简小恬想办法,去超市买回酒酿,抹着眼泪剁了几斤海辣,腌制出一坛毛辣酸,每次做汤时放一勺,竟然瞒过了佟子诚。

佟子诚看到顾海给白洛因送内裤那场戏,躺在床上摇晃着肩膀咯咯地笑,手机差点掉在枕头上。简小恬被佟子诚的孩子气逗乐,无声地咧嘴笑了一下,在热油中下了两勺黄辣酱,和酸菜一起翻炒。佟子诚是第二遍看《上瘾》了。简小恬陪他看过两集。这部剧不像把花花公子包装成女人卖腐的《太子妃》,直接上男男,两个男主身材超好,抓住机会就往一块儿凑,各种摸各种亲,看得简小恬面红耳赤。简小恬不腐,对秀起爱来毫不留情的男男没有兴趣,但她知道,佟子诚也不是弯弯,让他看这种简单粗暴的神剧,比让他看美眉公会的视频好几百倍。

简小恬忙了一早上。佟子诚给师傅兼兄弟朱维汉饯行,要在家里喝饯行酒。简小恬计划做八个菜,一个汤,加上早上在食堂买的山寨周黑鸭,九个人,够丰盛。

朱维汉买了明天早晨的动车票,他终于下决心,带万继红回贵州老家结婚了。他打算在家乡买一块地,和万继红两个人做生态蔬菜基地,以后到深圳来找老乡,他就是绿色地主了。

佟子诚和朱维汉、廖喜来、孔菊花、胡千琴、徐友儿他们几个是贵州铜仁老乡,佟子诚是松桃苗族自治县人,朱维汉是铜仁市碧江区人,廖喜来和徐友儿是江口人,孔菊花和胡千琴是玉屏人。简小恬不喜欢比佟子诚大几岁的朱维汉,他和胡千琴谈了六年,和孔菊花谈了五年,后来认识了湖南妹子万继红,同居者由胡千琴换成了万继红。三年后,朱维汉又选择了万继红做老婆,其他两个成为前任。但是此刻,简小恬无端地有了一份欣喜。只要有人结婚,简小恬就会高兴,好像终于结婚的那个女人不是别人,是她自己。

辣酱和酸菜熬出了香味,简小恬把剁成块的鱼骨滑入油锅。她发现料酒用光了,叫佟子诚。佟子诚正看到顾海在白洛因水杯里下安眠药那一段,他像被人胳肢了腋窝,咯咯地狂笑,举着手机在床上扭动身子,说不要，我还是孩子啊，放过我，放过我嘛！简小恬央求说，帮我去楼下买瓶料酒，回来再看。佟子诚呵呵笑，说他们开始做他们爱做的事情了，实力虐狗啊，不给你剧透，快给我拿一块狗粮来，我要抵挡一下，一边说，一边从裤兜里掏出钱包看了看，再看一下，笑声收掉。

简小恬敏感地探出脑袋朝房间里看了一眼，在锅里加足热水，盖上锅盖，走出厨房，进了卧室。她问佟子诚，喝不喝水。佟子诚没精打采地嗯了一声。简小恬从冰箱里给佟子诚拿了一瓶碳酸饮料，顺手取过他丢在床上的钱包，翻开看了看，里面只剩下一张一百元的钞票，余下的就是零钱了。她犹豫片刻，从衣架上取下自己的高仿包，拿出钱夹，数了三张百元钞票，塞进佟子诚的钱夹。佟子诚盯着手机，简小恬没有提示他，但她希望他看到她这个动作。

简小恬回到厨房继续做饭。鱼骨已经熬出香味，可以下鱼片了。她打电话要巷子口的小卖店送料酒和保宁醋，然后准备蘸头。

佟子诚家里条件不好，一家五口人，六亩山地种洋芋和包谷，很少吃大米。佟子诚口不馋，不怎么挑鸡左鱼右，只是一定要有折耳根，或者薄荷叶腌渍的蘸水下饭，不然他会皱眉头，搁下碗筷，好脾气地向简小恬表示，他要出门去转一转，其实他是去吃"贝克汉堡"。作为一个怀念家乡的四川人，简小恬用来纪念往昔生活的唯一本事就是做饭，她不会让佟子诚吃夹满番茄酱的发面团，主要是，鲁飞飞也好这愚蠢的一口。佟子诚去吃番茄酱发面团，一定会叫上鲁飞飞，这样，他俩就会站在油渍渍的汉堡机边，一人喂对方一口，说一些肉麻的话，说不定，鲁飞飞还会伸出小拇指，把佟子诚嘴边的番茄酱刮下来，抹进自己嘴里，那可够恶心的。

差不多一年了，为了让佟子诚少见鲁飞飞几次，简小恬没少用心思。每天下班以后，她都会把佟子诚的时间安排得满满的，无论去网吧、迪吧、KTV玩，还是离开观澜去大梅沙看海，她都会和佟子诚厮守在一起，不留下任何空隙。她还泡了小米和红枣，买了板油炼熟油，准备做小米渣。等小米渣做好了，佟子诚会大吃一惊，他就不会经常出门去找鲁飞飞，两个人站在大街上不要脸地吃野食了。

简小恬是三年前认识佟子诚的。

简小恬原来在龙华的一个电子元件厂上班，再原来，她在风景秀丽的四川乡村上学。高中毕业那年，妈妈对她说，三姑娘，家里的情况你晓得，麻布上绣花——底子差，备不出你的嫁妆，你还是丁丁猫追尾巴——自己吃自己，出去找口饭吃吧。妈妈说出去找口饭吃，意思就是找个婆家。简小恬才十七岁，不想离开家，但不得不离开，她出来的第一个地方就是深圳。深圳有很多和简小恬一样的乡村青年，简小恬一度好奇，每结识一个同龄人，都要问对方来自哪里，问到第七十二个时，她放弃了，她觉得这样问下去会无休无止，很可能，全中国的乡村青年都出来"找口饭吃"了。有了这件事，简小恬就在心里原谅妈妈了。

经济危机以后，深圳关闭掉大量制造业工厂，快速向高新科技转型，把世界制造业中心的角色推给邻近的东莞。简小恬的厂也被关闭了。简小恬刚刚适应了新的"家庭"生活，她已经把深圳当成自己的家了，她不想离开深圳，害怕再一次离开，再一次被抛弃。她在龙岗、光明和坪山一带跑了几个月，碰了无数次壁，流了无数次泪，终于在观澜一家科技园的大型制衣厂里找到一份工作。科技园和东莞只隔一条河，但毕竟是深圳，等于她没有离开。

简小恬就这么认识了佟子诚。

佟子诚长着一副苗王像。他是制衣厂的修理助工，英俊高挑，窄窄的脸上泛着健康的红晕，看人带着一丝善良的微笑，一副大众弟弟的亲近样。简小恬喜欢在流水线上看到佟子诚。他穿一件稍显肥大的宝蓝色防静电工装，戴着口罩，双手抄在裤兜里，百无聊赖地跟在师傅朱维汉身后，眼神里带着某种落不了地的思考，好像几千米的宽敞车间，那一排排唰唰运转着的平车、双针车、拷边车、打枣车、钮门车、断布机、烫画机、烫床和砍车，它们是他人生最大的困惑。

简小恬是厂里最好的女工。差不多是。至少在裁床线上,她是最出色的。简小恬操纵六台进口伊斯曼625电剪中的一台,月薪五千,比流水车位高出一千多。她的理想是做梭织,再不然就做技术含量高的成件,这样,她就能拿到七千多,就可以把工厂当成自己新的家乡了。

佟子诚常常在简小恬面前站下,习惯性地皱着眉头,看清秀的她手脚麻利地剪裁、快速磨刀、链接新面料,好像她在给他出题,让他做,他不大看得懂,需要思考一下。简小恬并不喜欢和佟子诚说话,怕一开口就会呛他两句。每当他在她面前停下脚步,她就有点生气。在她看来,他白有一双修长好看的手,其实技术一般般,对付不了日本进口的777大烫和64号电炉。多数时候,他只能抄着手,站在朱维汉身边,傻瓜一样看着师傅满脸油腻、烦躁不安地修理机器,然后冲他吼骂两声,他再面无表情地抄着手走开,去仓库取备料。到月底厂里领薪水,简小恬有时候能看到佟子诚,他一副任人宰割的样子,排在队伍当中,被人挤来挤去,等着领他的三千元薪水。简小恬生气地想,他凭什么要被师傅吼?要是师傅吼他的时候,他过去把师傅推开,自己把床子修好,再吼师傅一句,也不至于只拿三千块了。

简小恬喜欢做饭,她觉得,一个女孩喜欢做饭,意味着她在失去一个家后,还向往着另一个家,并且有信心操持它。简小恬喜欢把她正在关注的人,看成一道道菜。在她看来,佟子诚和他那些贵州老乡,就像他们的家乡菜:朱维汉像花江狗肉,廖喜来像毕节傻子烧鸡,胡千琴像从江香猪,孔菊花像魔芋锅巴炒肉丝,徐友儿像安顺荞麦凉粉,唯有佟子诚,他和他的老乡们不同,他温暖清晰,是一碗解乏开胃的酸汤鱼。

制造业巨头撤离沿海地区向内地和东莞发展以后,深圳留下的制造业,大多是对物流条件要求苛刻的企业,科技园其实没有什么科技含量,被发租给一些制衣、制鞋、橡胶、电子元件厂做厂房,这种厂里男工的工种不多,厂妹打堆,上班举步轻摇,下班顾盼流转,一派夭桃秾李。因为女工多,僧多粥少,男工就成了抢手货,很多男工,同时有好几个女朋友。像佟子诚这种标致模样的,少于三个女朋友都不好意思在厂里混。简小恬不知道佟子诚有没有女朋友,有几个,这和她没有关系。她只是不喜欢全厂几千个厂妹围着佟子诚转,发嗲地叫他子诚哥哥,她觉得那样叫一点也显不出亲切,恶心死了。

最早是老牌修理工朱维汉,他来找简小恬。他鼻头上沾着一团油腻,依在电剪机旁,觍着脸说,简小恬,你蛮漂亮,最适合给人当老婆,我呢,最适合给人当老公,你跟我算了。简小恬一口拒绝,让他滚远点,莫占她相因。朱维汉是花包谷,梳个爆炸头,到处开花开朵，简小恬宁愿给一台大脑袋电剪当老婆，也不会给一只油汪汪的花江狗当老婆。后来，朱维汉从厂里偷烫斗出去卖，被保安捉住，厂里把他开除了。临走前，他又来找简小恬，坦言事先没把情况弄清楚，他听人说，简小恬饭做得不错，要是这样，他不适合她，他徒弟佟子诚适合，佟子诚不会做饭，女朋友宋采文刚刚回老家结婚去了，不如简小恬填个空，和佟子诚过，川贵一家，这样他们兄弟党就能吃到酸辣菜了。

　　简小恬离开家乡两年了。她离开家时没有什么见识，连海豚模样的动车都没有见过，当然，她也没有见过真正的海豚。两年时间，她换了五个厂，揾工者人头如攒，她在莺声故山的粤、桂、滇、湘、鄂、皖乡音中举目无亲，在轰隆隆的流水线制式工作中形单影只，感到十分孤单。有时候，她会在夜里突然从梦中惊醒，听见宿舍里十一个陌生姐妹粗糙的呼吸声，弄不清自己身在何处，有一种永远也找不到家的恐惧。她没有朋友，没有人和她分享人在异乡忆故乡的感受，感到深深的孤独，开始少言寡语。她知道，人与人不同，在深圳与在深圳不同，有些生活，就像城市的某些街道，她永远也不会走进去。也许，这就是她越加渴望能和谁在一起，能有一个家的原因。扮演某个人的亲密者角色，至少能在孤独的生活中找到一点乐趣，让她不那么害怕。

　　简小恬很快和佟子诚同居了。

没有想象中的惊喜和失落。有一点点不适应，但终归是有了一个摸得着的家。简小恬喜欢佟子诚，她觉得他瓜西西的傻样让人有点同情，这是她喜欢的。她开始学着爱他。有一阵，她恍惚觉得看见了远处某个地方，有一个陌生的家，她已经走在回家的路上了。接下来的那些夜晚，佟子诚搂着她一条胳膊，孩子气地蜷在她怀里，窗外透进一线路灯，她充满柔情，一眨不眨地看着他的脸，只是在他睡着以后，她才开始胡思乱想。她想到小时候，家里有一条小土狗，奶奶说它是家人，她喜欢抱着它睡觉，喜欢它摇晃着尾巴，跟着她翻过山岭去完小上学。她会不停地站下来，回头看它有没有跟丢。她害怕往前走的时候，一场雨落下，一阵风吹来，她身后的那些脚印会看不见，如果小土狗走丢了，她再也找不到回家的路。后来，小土狗被电力集团架线的人打死吃掉，那时它还不到三岁。她只是在佟子诚睡熟以后才想这些事情，只是在他睡熟以后，才感到锐器慢慢刺入骨髓的钻心疼痛。

佟子诚有过几任女友。他心地善良，招人喜欢，很难拒绝谁。他是那种性格有点轴的人，每次只和一个女孩保持关系。好几次，朱维汉笑话徒弟，说他不中用，换了他，十个八个老婆都有了。

朱维汉偷东西被厂里开除，留下污点记录，再去其他厂找工，那些厂都不录用他，他无所谓，也不去别处找工作，就待在观澜，守着几个贵州老乡混日子。有时候他会出门，帮助老乡和女朋友们出出头，摆平一些事情，日子过得也不错。

朱维汉挖苦佟子诚的时候，佟子诚只是笑一笑，不往心里去，只是晚上在被窝里搂住简小恬胳膊时，便把朱维汉的话说给她听。简小恬心里翻来覆去，恨不能当时就钻出被窝，去找朱维汉。她不想和花包谷说任何话，只想用电剪把他剪了。

"你是个小娃娃吗？故意气自己。"佟子诚好脾气地劝简小恬，"算了，不说朱维汉，他喜欢整蛊，万继红、孔菊花、胡千琴，三个人够他整，你是八十一个赞的人妻，本人最爱，不说了，一说我又忍不住，我们爱爱吧。"

这么过了两年，鲁飞飞出现了。

简小恬把酸汤鱼盛进锅里，等人来齐，再把鱼片煮进去，就可以上桌了。她把糟辣扣肉蒸进另一只锅，坐在火上，把一次性纸杯和碗筷摆上桌。这个时候，廖喜来带着他女朋友夏岚和徐友儿来了。三个人打打闹闹上楼，一进门就拉开冰箱找饮料。廖喜来抓着一瓶饮料跳上床，问佟子诚看到哪里了。四月份，天还没有热，瘦成精条的徐友儿已经迫不及待地换上了吊带裙。她尖着嗓门大声喊，简小恬，冰箱里搞啷子没有辣条，我馋得不行了。夏岚笑嘻嘻在徐友儿刻薄无肉的屁股上拍一下,说你怕怀上了吧。徐友儿还她嘴,你才怀上了,你怀三胞胎,宫外孕。两个人嘻嘻哈哈打闹着,简小恬从厨房出来,在冰箱里翻出辣条,再回厨房做辣子牛蛙。她把斩成块的牛蛙下进油锅里爆炒好,起锅装高压锅,放入清汤,上火焖,然后准备糍粑辣酱和大蒜。

鲁飞飞也是佟子诚的女朋友,排行老二,佟子诚把简小恬和她都叫老婆。

情绪稳定的时候,简小恬回忆她知道的老婆——在爷爷的咒骂中惶恐不安的奶奶,在爸爸的拳头下宁死不屈的妈妈,趾高气扬的副镇长夫人大姨,还有嫁了个镇上的小公务员,因此整天给人读《人民日报》社论的表姐。她们都是老婆,是一个家庭的主妇。简小恬原来以为,她也和家有关。她以为,家就是爷爷奶奶爸爸妈妈大姐二姐和小弟,四间干打垒房屋,长满艾蒿的祖坟山,这个观念,后来被奶奶改变了。简小恬记事以后发现,每年清明祭祖,爸爸会带上小弟和妈妈,他们朝祖坟山爬去,爷爷奶奶跟在后面,但是爸爸从不带上两个姐姐和她。有一年清明节,她问奶奶,为什么不带她去祖坟山。奶奶告诉她,那不是你去的地方,女娃儿,要埋在自己男人家的祖坟山上,那里才是你的家。

简小恬快满二十三岁了,她已经在人生的长河里努力游过了三分之一时间,如果不出意外,她注定要嫁人,做别人的老婆。简小恬不是徐友儿那种十六七岁的女孩子，觉得无聊，才找个人来混点，随随便便和廖喜来在一起，而且事先申明不一定就会嫁给廖喜来。简小恬不会让佟子诚变成一只有着金属光泽翅膀的凤蝶儿，在吸食完她的花蜜后，在黎明到来之前从她身边消失掉，飞去别的果林栖身；她一定要佟子诚在她露水未干的叶片上驻下触爪，产卵做茧，化蛹为蝶，这样，她才能找到属于她的那口饭，最终埋进佟子诚家的祖坟山。

两人同居后，在科技园附近租了一间民房，房租比工厂宿舍贵五倍，是简小恬出的。第一次过家庭生活，简小恬想把家收拾得漂亮一点，自己做主从网上淘来几件二手家具，两个人的生活费用，也基本由她支付，这些花销，用去她大半薪酬。

不是简小恬一个人这样，厂里半数厂妹在外租房，一些人结婚，一些人和男友同居，不少人供养着男友。如今的现实是，男人不一定非要工作，但厂妹不能不找男友。在加工业扎堆的地方，"养男友"并不是贬义词。

佟子诚那双修长的手白好看，根本不适合修理机器，他体质弱，对机油过敏，又不愿意加班，工资低，月薪只有三千元。但是，佟子诚不喜欢被人养活，他向简小恬提出，每个月给家里寄一千，交给简小恬一千，剩下一千自己用。

"我不占你相因。"他皱着眉头，看着清秀的她说。

简小恬收下了佟子诚的钱。她是他的女人，当然应该收下，但她为此将付出更多。佟子诚爱俏，他过于标致，脸形瘦，削肩，打扮不好容易走型。简小恬跑遍观澜周边发廊，找到一家满意的，为佟子诚设计了发式清新的碎发，还和发型师吵架，坚持为佟子诚斜分刘海，又漂染了一绺橘红，配上潮型黑框镜，那个样子的佟子诚，真是帅极了。三个月以后，简小恬又坚持为佟子诚换了蓬松短发，这回刘海向上，头发两侧剪得干净清爽，看上去阳光硬朗，非常酷。

"你老婆狠，下回你自己来，莫叫她来抢我饭碗。"为这件事，发型师不高兴地向佟子诚抱怨。

简小恬不抢人家的饭碗，只把心思用在佟子诚身上。她为佟子诚添置衣裳，搭配个性的时尚板鞋，给他换全网通，再换移动4G，这样，他就能随时随地看他喜欢的网剧了。

简小恬知道自己不是厂妹中最漂亮的，在可见范围内，想把佟子诚一口吞掉的厂妹成群结队，被孤独吓坏了的丛林母兽们绿眼烁烁，佟子诚朝不保夕，她身处危险，再把钱花在他身上，她就没有资本收拾自己，把自己打扮成所向披靡的女妖，紧紧吸引住佟子诚的目光了。但简小佟赌佟子诚实诚可靠，赌他知恩必报，赌老天有公道，佟子诚最终能够穿透她密不透风的用心，体会到她的好处，她带给他的温婉和快乐，看到她的害怕，最终不离不弃，两个人端牢一只饭碗。

面对贵州人佟子诚，简小恬不要求做酸汤中那条赤尾金翅鱼，她要做红到让人疼的西红柿、绿如暗恋气质的青蒜、嫩成爽口爽牙的黄豆芽，为酸汤中苗王架势的佟子诚坐实打底。

直到鲁飞飞出现。

佟子诚喜欢新来的厂妹鲁飞飞。很少有男人不喜欢鲁飞飞那种秀眉轻蹙，微骚暗嗲的Q娘。佟子诚被鲁飞飞迷住了，坚持了二十五年的矜持荡然无存。他觉得，鲁飞飞就像年轻时候的舒淇，对自己是一个尤物这件事情无动于衷，这一点，满足了他对网剧明星的所有想象。当山寨版舒淇迎向抄着手从流水线边走过的佟子诚，并且大胆地撞进他怀里的时候，佟子诚有点惊慌，他坦诚告诉她，他有女朋友，他女朋友叫简小恬，她转过头去就能看见，就是对面裁剪线上开625电剪那一位。鲁飞飞偏不转头，表示自己知道，而且不介意，她还和简小恬说过话，夸过她皮肤好。鲁飞飞提出，他们可以谈恋爱，同居那一种，简小恬、她、佟子诚，他们三个人住在一起，她付三分之一房租和生活费，每个月再给佟子诚买一条"金樽好日子"，请他看两场电影，吃两次饭，其中一次进饭馆，一次上大排档。

善良的佟子诚不忍心拒绝鲁飞飞，回来征求简小恬的意见，为此他举了朱维汉的例子。朱维汉有三个女友，他和江西妹子万继红同居，和贵州老乡胡千琴谈恋爱，另一个老乡孔菊花做情人，三个女人分摊着养活他。胡千琴和孔菊花平时不上门，偶尔孔菊花闹着过节，硬要和万继红在一张床上凑在朱维汉脑袋旁看A片，也没有什么。

对佟子诚为鲁飞飞来征求她意见这件事情，简小恬无比生气，对他竟然用朱维汉来作例子，更是觉得无耻，但她不说什么。她说不清楚，坟头上那些随风轻摇的艾草，它们和它们有什么区别，她日后埋在这里或埋在那里，究竟有什么区别。那天，她拿定主意不开口，自始至终没有说一句话，只是盯着自己的手指头看。那里有一道小伤口，是前一天做饭的时候被一条乌江鱼刺伤的。实际上，伤口并不怎么疼，她只是不能集中注意力，她心里一直在想着多年前她的一个家人，那条陪伴了她三年的小土狗。

"我喜欢安静，"最终，还是佟子诚放弃了，对鲁飞飞说，"最烦你也和我说话，她也和我说话，我连网剧都看不成。"其实，他并没有说出事情的全部，他是不想让简小恬伤心，那样的话，他也会伤心，那样的话，他就处理不好别的事情了。

鲁飞飞只能和佟子诚谈恋爱，不能同居。两个人把约会时间定在周末。简小恬本来不打算让两个人在家里过周末，可是，佟子诚不能总是让鲁飞飞请他看电影，吃馆子，两个人还要开房，开房的钱鲁飞飞不会出，这样,不到半个月佟子诚的钱就会用光,还得简小恬往他钱包里放钱。

简小恬纠结了一段时间,最终让步,规定佟子诚可以在周末把鲁飞飞带回家,她出去找小姐妹混一天,或者去参加科技园唱诗班的活动,她会在那里待很久,她会在心里想着一片模糊不清的艾草,默默地念一遍祷告词:

> 你的声音就像一座房子,他在门外等候,不会硬闯进来,因为这不是爱的表现。他要你亲自邀请他。门的把手在屋内,只有你才能把门打开,你决定你是不是信徒。

"别的时候她不能进我家。"简小恬板着脸对佟子诚说,"还有,不准她动我的化妆品,我不喜欢和别人共用一样东西。"

简小恬把蒸好的糟辣扣肉锅从火上端下来,垫上垫子,放在水池边的角落里。她看时间,快到十二点了。她开始炸油辣椒和花椒,这样等人来齐,再炒个风肉蒜薹,一个阴椒河虾,一个手撕包菜,菜就齐了。

徐友儿和夏岚打闹了一阵,跳到床上,和佟子诚、廖喜来一起看网剧。他们看到彩蛋部分,就是顾海的现役女友金璐璐出场的情节。

"你们看她像不像孔菊花，五官不清，怪不得顾海劈腿了。"廖喜来嘻嘻笑。

"你说孔菊花，我真是屎胀。"徐友儿嗤之以鼻，"真嘞是人上一百，形形色色，三十米外看不出性别，说飞机场都牵强，准确嘞说前胸巴后背，特级贫困县，偏偏喜欢装特别，也不知道老朱怎么会看上她。"

"不是装特别，是装乖噜噜，以为能勾到陈冠希，是不是很厉害？"夏岚在一旁帮腔，"讲身材要讲简小恬，盯不盯，看眼睛，美不美，看霸腿，简小恬前弓后翘，虐狗第一。"

吐槽谁谁到，朱维汉这个时候把电话打过来。佟子诚正看到关键处，跑进厨房，拿简小恬的手机给他打过去，自己的手机继续看网剧。

"我真嘞是对她好，她总是闷闷不乐，都是我找她聊天，她还想搞啷子！"朱维汉在电话那头气呼呼地吼。

"我老婆把菜做好了，赶快过来，过来说。"佟子诚盯着屏幕，心不在焉地压住笑声说。

"我现在走不开，她把门拦住，不让我和万继红出门，我们衣裳都穿好了。"朱维汉很恼火，隔着几里路都能听见他呼呼的喘气声，"胡千琴在她之前，是她主动提出和我交往，万继红后来和我好，我也没瞒她，她都同意，说不会离开我，要加倍嘞对我好。我给胡千琴说回乡嘞事，胡千琴一句意见都没得，送我一双板鞋，祝我脚踩春风，前程万里。你说说，都是家乡人，怎么兹样？"

简小恬向佟子诚打手势，问可不可以炒菜了。佟子诚把手机举在头上，眼睛没有离开屏幕，凑过来附在她耳边说，孔菊花不让朱维汉回贵州，非要朱维汉娶她。

"她说嫁给我，我并没答应。你说，离家在外，哪个不孤单？她脑筋当喽啊，做兹种傻事。"

朱维汉的声音毛躁响亮，震得简小恬头皮发麻。她从佟子诚胳膊圈里钻出来，过去把火关掉。她看暗淡下去的灶头，想到祭祖时候的香火，它们在清明节前后那些天袅袅不断，漫山遍野。但不是每个长大以后的女孩都知道，自己日后将会埋在哪里。

"我懂她嘞心思，懂她们嘞心思，对她们很好，她们受人欺负都是我去摆平，她那一次，我三肋四肋打断两根，还不够？"

"但是，你不该让她们三个人竞争，不该让她和万继红一起住，喔喝。"佟子诚恋恋不舍地把目光从手机上移开，下意识看了简小恬一眼，按下暂停键，用修长的手指理了一下上周刚刚打理过的发型，"你又不是赵红兵，又不是小北京，古典流氓现代流氓名单上都没有你嘞大名，你搞不掂女人，她们不可能让你爽到最后。"他靠在厨房门上，无聊地扭头看廖喜来和他的两个女人在床上争风吃醋。

"她离开我又不是活不成。"朱维汉嗓子都哑了,听上去他已经说了很多话,把一生的话都说完了,人显得非常疲惫,"年龄差不多了,她也该离开了,她完全可以照样做良家妇女,她还要做啷子?"

"你给她出证明啰,"佟子诚干巴巴地说,"她拿良家妇女嘞证明去积分入户,事情就解决了。"

廖喜来挤进厨房,从佟子诚手中抢过手机,朝电话那头喊:"某些兄弟烦不烦人,几点了,肚子饿了,兹哈快过来,喝完酒去玩打鱼机……"

廖喜来话没说完,电话里突然传来一声惊叫,是万继红的声音,她像被蛇咬了一口,然后是朱维汉,他惊慌地喊,孔菊花,你搞啷?孔菊花,你莫要胡来!

电话断掉了,再打过去没人接。简小恬紧张地问,怎么了。佟子诚从廖喜来手中抢回手机,继续拨,电话通着,就是没人接。廖喜来哧哧地笑,说肯定是孔菊花鬼火撮,和老朱拼了,老朱会挨她嘞耳屎。佟子诚说,她不能把老朱惹毛,老朱惹毛了惊心动魄,就是黑道片了。廖喜来说,她可以下万继红嘞手,万继红不经打,老朱只能带着挂彩嘞媳妇回铜仁了。

"你们这样说不公平,"简小恬突然有些生气,她不喜欢男人挤进厨房,他们一点都不尊重她做的那些菜,"孔菊花在超市上班,只拿两千多,她舍不得吃舍不得穿，对朱维汉出手大方，朱维汉玩打鱼机，二百元一单的鱼炮她都舍得出，上次朱维汉玩急了眼，她一次买了三四万炮，就是看不得朱维汉不开心。你们知道她喜欢读书，别人都用智能机，她还在用N96的老机子，见一次面用我的手机看一次，那真是没有底线的付出。"

"那又啷个样，"廖喜来莫名其妙地看了简小恬一眼，再看佟子诚，"她可以用塞班直板，塞班不像安卓耗流量，一开网络就自动联网，看书可以开通流量包，也可以下载免费软件，也可以用动感地带MO套餐，照样省钱。"

"省你个鬼！"简小恬愤怒了，"你当孔菊花是各种作，她不是非要看《和总裁同居的日子》和《BL女的BG爱情》，她是想嫁给朱维汉！"

"朱维汉说过不会娶她，早就说过，她就是想不通。"

"她花了五年时间，用了五年心思，为他打了两个娃儿，人都老了，难道他还不能娶她吗？"

佟子诚看看这个，再看看那个，喉结滚动了一下，一脸被戕害的无辜样。他皱着眉头说，你们烦不烦？

听见吵架，徐友儿和夏岚挤进厨房，叽叽喳喳问朱维汉和他的老婆们什么时候来，什么时候开饭。夏岚碰到徐友儿的胸口，徐友儿嫌夏岚占她相因，不高兴地推她一把。夏岚没站稳，撞在角落的高压锅上，锅中的糟辣扣肉倾翻了一地。

大家一时傻在那里。

简小恬呆呆地看着泼了一地的油汤和香糟汁，脑袋里沮丧地冒出一个念头，早知道这样，做这么多菜干什么，不如只做一个菜，什么都装进一个锅里，炖在灶火上，总不会有人跳上灶台去把菜踢翻吧？

简小恬和佟子诚拦下一辆绿色出租车，赶到朱维汉住的天合村。廖喜来已经骑着他那辆雅格尔电动车，带着徐友儿和夏岚先到一步。出租楼下，停着几辆顶灯闪烁的警车，警察扯了警戒线，人群围一圈，多是衣裳鲜亮的厂妹。

简小恬和佟子诚赶到时，朱维汉已经被120急救车拖走了，地上留着一串新鲜血迹。廖喜来也没有看见朱维汉，只听说他被捅了好几刀，半个胃都掉出来了。

"死了没得？"佟子诚咽了口唾沫，紧张地问。

"听说还有一口气，"廖喜来说，然后补充一句，"他哭了。"

"哭了？"佟子诚不明白，"为啷子？他肿个样会哭？"

"阿个丝儿下手狠，各种捅，他觉得受不了，也许。"

"她们出来了！"夏岚惊喜地喊。

几个提着微冲的警察从楼道里出来，然后是一男一女两个警察，各自带着孔菊花和万继红。两个当事人一身血，脸上脏兮兮爬着泪痕，脚下打漂，有些走不稳。

看见简小恬等人，万继红哇一声号出来，人往地上瘫。男警察一把抱住她，连拖带抱送上警车。孔菊花没有闹，顺从地跟着女警察走，不看人，怔怔地看脚上的鞋子，好像浸泡过血的鞋子里藏匿着什么秘密，值得研究一下。

警车响着警笛开走了。人群渐渐散去，只留下简小恬五个人，不知道该做什么。过一会儿，佟子诚脸色苍白地吸了一下鼻子，打破沉寂："其实，老朱知道自己做不成大人物，他不打算在深圳发财，只想找个媳妇回家。他要昨天晚上走就好了。"

"他已经找了七八个媳妇，还可以找二十七八个，但是他没有那个福气，"平时从不和佟子诚犟嘴的简小恬，突然血往头上冲，有一种抢话说的冲动，也不管佟子诚是不是朝不保夕，她是不是身处危险，只管把话说出来，"现在好，他一个也带不走，他把自己都弄丢了，只有自己埋回祖坟山了。"

"你知道唧子，"廖喜来不高兴，朝简小恬翻白眼，"我们那里，娶媳妇不容易，彩礼两万，结婚七八万，没有新屋要盖新屋，算下地，十几万打不住，老朱家在城关，钱用得更多，要是从厂里带一个回去，一分钱都不用花，说不定女方还会帮衬几万，孔菊花是老乡，所以他不会娶孔菊花，只会娶万继红。"

简小恬什么都想过，就是没有想到这个结果，一时堵在那里,说不出话。大家都不说话,都呆在那里。简小恬下意识地回头看佟子诚,希望他能说点什么,比如说,现在怎么办。佟子诚站在那里,美目涣散,被吓住了,这回他没有把手抄在裤兜里,而是纠结在胸前,一副憨丝儿样。简小恬知道,不能指望佟子诚了,无端地,刚才在厨房里的念头再度浮上脑海:你可以做无数道小菜,也可以只做一道大菜。

顺着这个思路,简小恬继续往下想:

你可以钓无数条小鱼,也可以只钓一条大鱼……

你可以走无数曲径小路,也可以只走一条康庄大道……

你可以……

你可以……

你什么都可以……

2016 年 3 月 10 日

于深圳数叶轩

风 很 大

早上差两分钟七点，门在赵身后咔嗒一声关上。陶问夏皱了皱眉头，扭头看露台方向。

昨天中午台风登陆前赵就来了，带了两卷胶带，楼上楼下地跑，带玻璃的落地门窗全贴上对称的米字膜。现在，仪式感十足的门窗紧闭着，风把一只肢体修长的竹节虫和几只色彩斑斓的荔蝽尸体敷在玻璃上，一只八眼巨蟹蛛还活着，困难地伸展螯肢在雨水中爬动，试图离开那里。隔着钢化玻璃，依稀能看见，对面那栋没人住的人家，两扇没关严的窗户抽筋似的摔来砸去，玻璃早已碎光。院子里，满地龙尸般的树木断枝，一棵百年树龄的小叶榕被连根拔起，龇牙咧嘴倒在游泳池旁。花园小径中有位年轻保安，奇怪地抱着一棵大王椰，风把他的脸紧紧摁在弯成弓背的树干上，这使他活像找错目标的扁脸情人，不知道这种时候，他为何出现在那里。

22号台风肆虐了一整夜，天亮以后弱了不少。昨晚风震厉害时，房屋摇晃过几次，赵咨询陶问夏，要不要进他怀里。陶问夏说不用，还好。现在回想起来，她不清楚当时说"还好"是什么意思，但她能想象东部海边地区会是一副什么样子。

陶问夏站在客厅，低头看自己赤着的脚丫，感觉它们正受到某种不明事物的威胁。她走过去，脚趾有节奏地蠕动，一点点爬进赵留在门口的那双皮拖鞋里，趿拉着回到楼上卧室，走到床前。

床上凌乱,和大多数时候一样。入睡前他们各自阅读,赵刷屏专业论文圈,陶问夏读几页书,或者,看上去在读书。自从加入了一个和专业不相干的读书会后,陶问夏总有些群里推荐的书要读,不过大半没读完。他们很少交谈。总不能谈 χ 和 λ 射线计量公式吧?作为配合默契的专业伙伴,他们在研究所里有足够的领域和时间交流。

有一阵子了。他们保持着肌肤之亲,不多,但有。

陶问夏缩起双肩,让睡袍滑过锁骨,跌落到脚踝上,脚趾脱离松垮垮的拖鞋,爬上床,钻进凌乱的丝制品中。秋分还有一周,她并不觉得冷,却像月光螺一般蜷起身子,感到光着的腿正一寸寸复活过来。

好像知道陶问夏回到被窝里了,邹芊芊的电话恰逢时候地打进来。

"他提出新条件,补我三十万股宝德。"隔着话筒,陶问夏被小姑子的怒火灼得脸往后撤回几寸,"拿我当什么,鸡都不食的港股耶!"

"闹四五年了,终归是分手,你拿到不少了,觅儿的监护权,两套房子……"

"三套。伦巴底街那套上个月我也抢过来了,没告诉你?"

"三套,还有岘港的生意,游艇也归你……"

"我就知道,在你这儿别想找到安慰。"邹芊芊怒气冲冲,好像电话这头的陶问夏是可恶的叛徒,"我根本不想要那只破瓢,看看人家朱梦,康明斯发动机,我是狗屎Yamaha,会费和违修就能把人逼疯。我只是不想让他在上面睡他的小奸妇——我俩在艇上搞过,在不要脸的大海上!"

陶问夏有点恍惚,不确定是否应该起来给自己煮点东西吃。她对烹饪过程和自己没有关系的食物向来缺乏信任,从不叫外卖。她朝落地窗外看,雨不大,风肆意撕扯着天空,一个劲儿往地上摁,所有翻天覆地的事情都在地面上进行,房屋隔音效果好,听不见它俩在外面嘶喊着什么,她猜这会儿后者连呻吟的力气都没有了。

换了个姿势,陶问夏把话筒推到枕头那一头,大致能分辨话筒里抱怨在继续,伸手够过床头柜上的手机,心不在焉地处理了两封工作邮件。天气预报说台风下午就会过去,但她不知道小姑子什么时候才会停下来。

有一段时间,陶问夏和邹芊芊好得像一个人。那会儿,邹茂茂想娶陶问夏想得哭,母亲和三个姨妈坚决反对,理由是陶问夏学历高。父亲和叔叔弃权,表示尊重精英民主,支持代议制。

"娶谁不好,娶女博士!"归纳起来,邹家的反对意见大体如此。

陶问夏是博士后,要命的是,她是工科,精密仪器专业。邹家是知识分子世家,家里三代出一堆博士,废品店不收，堆在家里攒着，深受困扰。邹芊芊是邹家唯一的低学历，港科大一毕业就嫁了潮汕新贵，身份落地，人事通透，邹家有什么化不开的事总是她出面拿主意。

邹茂茂央求妹妹拯救，信誓旦旦，陶问夏品质优秀，玷污不了邹家的名节。邹芊芊那会儿正和老公暗中斗法，忙着改北美身份为欧洲身份，没心思管闲事，劝哥哥，在人生的田径场上你永远别想跑赢一个想拿金牌的女博士，她越优秀意味着你当亚军的可能性越大，这是一场风险远超机遇的比赛。捺不过哥哥央求，邹芊芊怨气冲天从瑞士飞来深圳见陶问夏，本来打算直接逼陶问夏知难而退，没想到一见就陷进去了，回头慎重地向父母宣布，哥哥要不娶陶问夏，她就娶。

几年后，陶问夏和邹茂茂分居，邹芊芊专程飞了一趟新加坡，堵着门跋扈地把哥哥痛骂一顿，把邹茂茂刚买的自行车二话不说丢进湖里，最后还是邹茂茂费老大劲打捞起来，去警局交了一笔罚金了事。

"抓住最后机会，40岁的女人能得到真实性爱的概率不到百分之十。"邹芊芊从新加坡飞深圳，进门把自己扒光，跳到陶问夏床上，一边试在爱雍·乌节新买的内衣，一边连怂恿带威胁指导陶问夏，"关键是财务自由，我豁出来免费替你打官司，保证邹茂茂净身出户。"

邹芊芊是金逸事务所合伙人，生下女儿后几乎没接过案子。

"我俩没你想的那么不济。"陶问夏为小姑子挨件拆内衣吊牌,一样样递给她。

"喂,别把自己当一把螺丝刀。"邹芊芊龇牙咧嘴反手够搭扣,有点够不上。

"喂,别说淫荡的话。"陶问夏学邹芊芊。

"蠢货,我指蓝领思维。"邹芊芊气喘吁吁扒下衣裳丢在地上,恨铁不成钢地瞪一眼自己的胸,再瞪陶问夏一眼,"你以为能修好这个世界,知道需要多少吨大号螺丝?我哥入佛系不是一两天,他待在狮城不回来,是想进普觉寺。他打和尚的主意,你又不打算当尼姑,想蜇你的蜜蜂满世界都是,离了和尚照样授粉开花。"

"你哥没想好,想好了他会告诉我。"陶问夏说,剪断一件普拉达的吊牌。

陶问夏处理完邮件,顺手刷了刷赵在路上发来的视频:香港一座建筑工地的塔吊被风撅甘蔗似的撅折了;有人在大街上被风吹得撞在隔离带上直接撞晕过去。

陶问夏不喜欢大惊小怪的视频,好像世界还不够乱,没看完就关掉了。她调出镜子,朝镜子里看了一眼。牙齿在镜子中闪烁着暗暗的光泽,不仔细看还算精致,但她比谁都清楚,凹陷的眼窝不是美人窝,是缺少睡眠,眼睑旁爬出几丝皱纹挺不耐烦,好像在考虑要不要爬得更远一点。

陶问夏把手机送回床头柜，隔着枕头拿过话筒，趁小姑子喘气的当口告诉对方，昨晚有风来访，没睡好，现在要睡一会儿，然后挂上座机。

窗外，有一棵七八尺长的树拖曳着雨水飞过，也许是半棵，样子像试验失败的飞行器，蘑菇形树梢拉出粉状白烟。昨天政府宣布停市停工停课，陶问夏觉得自己有理由睡一会儿，可怎么都睡不着。

20分钟后，陶问夏换上一套蛋青色耐克运动装走进车库，绕过蒙着车罩的雷克萨斯，上了自己那辆2015款卡曼，打开车载电台。

本地台新闻频道和交通频道吵成一团，都在播送台风新闻，播音员像身处狼烟四起之地的新兵，口气亢奋而绝望。陶问夏把波段调到94.2，听了一会儿私家车台的路况报道，下车返回楼上，取来一台自动体外除颤仪，放进后备厢里。

设备是陶问夏科研成果中的一种。她不知道是否能派上用场。她把车开出车库。

一到外面，就像进入另一个星球，风力起码15级，时速超过150公里，2000千克自重的卡曼像刚学短跑的新手，身后有个脾气不好的教练一掌掌狠推，一个劲儿地踉跄。

陶问夏有点害怕。但她没有让自己回头。

银灰色的卡曼驶上梅林路。雨水在车窗外呈干冰状，拉出一缕缕直烟，视线不好，能看见马路上到处躺着吹落的广告牌和横倒的垃圾箱，路边的植被一律向西北方向弯着腰，沿路到处是倒下的大树，它们被连根拔起或拦腰折断，压塌了好几辆停在路边的汽车，那些汽车就像买多一份只能拍扁打包带走的汉堡，完全没有了营销广告中宣称的从容高贵品位，有一辆红色QQ干脆掀翻在马路上，看着触目惊心。

街上店铺都关了门。还是有一些政府工作人员出没在街头，各种制服外套着橘红色的荧光救生衣，像一群失去了导演调度的特技演员，在风雨中侧着身子困难地蛇行。

陶问夏小心翼翼绕过路边倒木，拐出梅林路，沿梅丽路往南行驶。平时高峰时段，这条路会堵得厉害，这会儿却基本没有车辆，偶尔遇到一辆，也是闪着警灯的工程车，悲壮地犁开白花花的水道驶过去，车身溅起的浪头就像墨斗鱼不断扇动的边裙。

陶问夏受到启发，打开示宽灯和警示灯，提醒自己不要空挡滑行，尽量不要刹车。

在北大医院路口，陶问夏没有犹豫，把车拐向莲花路，让车顶着风行驶，这样能保证安全。她看见一股湍急的水流像走错了地方的瀑布，顺着莲花山公园西北山脚涌出来，冲上马路，一些蒙圈的土黄色蟾蜍、果绿色树蜥和花斑色蛇在白花花的水头中扭动，沿着路面快速爬开。她回忆在电台里听到的新闻,一些地势低洼处,海水顺着河道灌进市区,卷起几尺高的潮头拍打着街道,很多建筑都进水了。

这么想着,陶问夏听见身后一声巨响,吓得手一紧,下意识闭上眼睛,很快睁开,紧张地看后视镜。身后几十尺远处,一块巨大的公益广告牌不知从什么地方飘来,掀过马路,广告牌上夹带着一团白花花的东西。好一阵,她才看清楚,广告牌上面写着"以书香为伴,让知识续航",白色的东西是条白色毛皮的狗,卡在两根断裂的钢筋中,不知怎么和续航的书扯上了关系。

陶问夏慢慢减速,小心地倒回去,把车泊在路边,摇下车窗。风嗖的一声把纸巾筒吸出车窗,接着是挂饰,它们向莲花山方向飞去,像是急着去找什么人,眨眼消失在风雨中。她觉得有一双手在把她猛力往车窗外拽,衣袖筒里瞬间灌满雨水。

隔着马路,一个浑身透湿的交警冲这边挥动手臂大喊大叫。陶问夏听不见他喊什么,但明白是在催她赶快离开路边。

快过来,快!她朝狗招手。

狗挣扎了几下,从刀叉般的钢筋中脱身,瑟瑟地过来,从车窗外爬进车里。

陶问夏把车从路边开走。"待那儿别动,我刚洗过坐垫。"她关上车窗,回头对湿漉漉发着抖的狗说。

白色皮毛的狗在脚垫上转着圈，冷得直哆嗦，也许吓着了，好一会儿才抬头看了陶问夏一眼。是一只萨摩耶，男孩，看着挺老实。陶问夏曾想养一只耷拉着大耳朵的猎兔。她喜欢警惕的智者，比如写《彷徨》的鲁迅，但他们眼神不一样。

好吧，反正都是移民，谁也没有权利要求别人怎么做。陶问夏妥协了，听任萨摩耶上了后座，在那儿转着圈耷出一片水珠。她不喜欢狗变得失魂落魄，但她能怎么办？

情况没有好转，陶问夏在莲花支路的路口再度停下，让一条杂色柴犬和一条黑色松狮上了车。它俩一个像滑稽的公知，一个像神经质的演员，之前躲在公园东北出口的垃圾分理站后面，完全吓坏了。它们应该是莲花山上的住户，可见山上的植物被袭扰得有多厉害。

陶问夏把两位流浪汉让到后座上安顿好。这次她没有提醒它俩注意礼节。讲究卫生什么的，用不着了。她不清楚莲花山上还有多少住户遭了殃，鼯鼠、琵鹭和角鸮，更多的是被人抛弃的流浪狗猫。

车在莲花立交桥旁停下。那里有一片汹涌的水流，水头不知打哪儿钻出来的。陶问夏小心翼翼减慢速度，开车通过水洼，拐上红荔路。中途她又停了两次车，排气管明显遭受到摧残，她肯定要去4S店做延保了。

现在，车上有了五条流浪狗，其中一条受了伤。陶问夏在一段路边没有大树的地方停下车，为受伤的金毛做了简单处理，包扎上伤口。车上有点挤，五个家伙为争夺地盘开始大声叫喊，朝对方露出尖利的犬牙。萨摩耶男孩果然老实，它第一个上来，本来独占后座，现在把那儿让给后来者，自己躲到脚垫上。松狮最霸道，像坏脾气的黑脸包拯，谁都欺负，好像卡曼是它的座驾，陶问夏来接它回家吃饭，它不想带上其他人。问题是，真正的危险可能是那条小个头的年轻杜高，它一声不吭，小眼睛不断往松狮那边扫，感觉随时都可能扑过去。

陶问夏读过《吉尔加美什史诗》《玛雅圣书》和《史记》，书中记录了大洪水的事，说了神打架、人作恶、天谴责的事，没有狗龃龉，她不知道该拿这种事情怎么办，是停下车，帮助它们当中某一个对付其他几个，还是就她自己，它们来攻击她，它们一起上？

"可以停止吗？"她一边观察马路上的倒木，一边斜眼严肃地教育后座上大打出手的流浪汉，"不然你们找我，我们好好打一架。"

除了黑色松狮，别人都停下了，或呆萌或识趣地看陶问夏，好像她是一个过于吹毛求疵的老师。

陶问夏觉得好笑。其实她不会打架。

多年前，陶问夏和邹茂茂去南丫岛度假，忘了为什么，精力旺盛的邹茂茂把陶问夏抱起来，扛上肩往海边走,假装要把人扔到海里去。陶问夏吓得又踢又叫,后来还是按照要求衔住邹茂茂的耳朵,事情才算结束。

那应该不算打架。

陶问夏还清楚地记得,那天晚上,她洗完澡,头上裹着毛巾走出农舍,隔着夜空中几只斜飞的萤火虫,看见了邹茂茂。邹茂茂像认真值堂的小学生,坐在门廊的木头台阶上,两只手合架在膝头,食指相勾,一动不动地看着远处寂寞的离岛,那个单纯样子,差点没让陶问夏落下泪来。

"这样度过一生,是幸福吧。"那天夜里,邹茂茂说过这样一句话,不是询问,不是对陶问夏说,是告诉他自己。

车上湿气很重,弥漫着浓厚的山林气味。人类并没有为自己驯化出真正的宠物,只要这个星球变化一下,它们回到自己的来处,很快就会恢复祖先的基因。

陶问夏有点反悔,不该这个时候出来。但她不否认,这就是她冒险出门的目的。她猜想有谁急切地需要尽快离开肆虐的台风。实际上,很多人都需要离开困境,比如她自己。

陶问夏还记得第一次见到邹茂茂时的情景。

他们是在世界500强求才大会上认识的。他高挑、优雅,西装不是什么大品牌,鞋子的款式也一般,手腕上贴着一块干净的创可贴,模样更像一位创客技师,而不是上市公司风控师,可他漫不经心的神态中透着一丝堕落的气息,慵懒的气质非常迷人。

"哇,S!"他咧开嘴,露出雪白的牙齿冲陶问夏喊。

"唉?"陶问夏没听明白。

"就是Alba,漫威里的Sue Storm,X的象征。"

"是吗?"

她晕头晕脑,不知道Sue Storm是谁。她知道截止频率和红限波长,不知道漫威,胸口怦怦跳个不停,一个劲儿地想,她真是那个幸运儿吗?

后来,陶问夏悄悄查了杰西卡·阿尔芭的资料,闹了个大红脸。在《神奇四侠》之后,阿尔芭出现在《蓝色星球》里,一身蓝色紧身皮衣,冷着脸,性感极了,难怪他说X。

他们有过甜蜜时光。九年。陶问夏习惯了每次从梦中醒来,手都在邹茂茂呼吸均匀的胸膛上。还有,她遇到气急败坏的事情,昏了头给他打电话,他什么事没有地先笑,然后咧开一口白牙对她说,没事,有我呢。

可惜,经济危机摧毁了一切。

邹茂茂的公司遭遇到流动性危机,然后是连续股灾。不止他们一家,全球百年老店倒闭掉三成。他们共同认识的很多熟人都消失了,过去他们都雄心勃勃,相信好日子通往永远,那是属于他们的世界。

德国政府替Hypo Real Estate担保。美联储七千亿紧急救市，政府接管 Fannie Mae 和 Freddie Mac。中国政府也没干坐着，五万亿入市，可是，纾困名单中没有民营企业。邹茂茂的公司申请停牌，遣散掉半数员工，试图最后一搏，挤进家电和汽车下乡的队伍，董事会决定，由干将加福将邹茂茂负责项目。邹茂茂使尽吃奶的力气，还是被握着政府批文的国企挤了出来，一点份额也没拿到。

邹茂茂离开了公司，不是辞职，是除名，股权收回。公司市值跌破发行价，宣布摘牌离场，总得对股民和证监会有个交代，他是最不会引发次生灾难的人。

邹茂茂垮掉了，一夜之间苍老了十岁。那天，他通过律师递交了身份申请。陶问夏劝他别那样。他们吵架了。

"你以为我不知道，你觉得我丢脸……"

"别这么说……"

"不能什么好事你都占全了，你知道我的感受，你让我觉得自己非常糟糕……"

"对不起……"

"够了，我们都不是彼此的第一次，谁也不是谁的救世主……"

她觉得他太侮辱人了，她的科研项目逆市上马不是她的错，她从来没有见过救世主。但她还是爱他——爱那个因为爱她而不知所措的他，那个食指相勾，默默与夜色对峙，相信宁静海湾是幸福之地的他。

他们有两个星期没有说话，然后是半年。他抗争过，投过几次简历。人们熟悉他，年轻有为的风控师，拖垮了大名鼎鼎的头部企业，没有谁会和这样的人沾边。

有一天，陶问夏从研究所下班回到家，精疲力竭，想喝口热水，倒水的工夫，听见风叩动门的声音。她向门口走去，却发现邹茂茂躲在储衣间里偷偷哭泣，头一下下往墙上撞。她惊慌地挤进窄小的储衣间，用力把他的脑袋从墙上剥下来，抢救进怀里。

"走开！"他推开她，顺着橱柜滑坐到地板上，一脸散乱的恐惧，"告诉我真话，我是不是不中用了？"

她回答不了他的问题。她不相信男人会这么脆弱。难道她就没有垮掉，没有垮掉过？好日子不会一直到黑，人们还要生活下去，人口红利还没有用光，他们赶得上重新来一次。

邹茂茂终于去了南洋理工大学，做访问学者。离开家那天，他神情恍惚地走出门，在门廊的吊窝里坐下，呆呆地看院子。这一次，也许是白天，天色太亮，他没有手指相勾，坐了一会儿，慢慢起身，埋着脑袋下了台阶，连行李箱都忘了拿。

"你还是那么帅。"头天晚上，她替他收拾好行李，特意下楼，走进书房对他说。

"你也一样。"他那么说过，反应过来，从平板电脑上抬起头，抱歉地看她，"喔，我是说，你一直都那么从容。"

她瞟了一眼屏幕上的画面，灵修课程什么的。她觉得他说得对，如果她不那么从容，惊慌一点，哪怕一点点，她就能做母亲。

卡曼在关山月美术馆附近停下。车上又添了两位乘客，一条黑白相间的喜乐蒂，一只看不出品种的流浪猫。喜乐蒂是条高龄老狗，人情世故地坐在马路当中拦车。猫带着一身水珠直接蹿上车头，凭这个，陶问夏就判断出它俩不是野种，是流浪儿。

猫蹿上车头时陶问夏吓了一跳，差点猛踩刹车。它有缅甸猫的黑眼睛，东方猫的尖嘴，英国短毛猫的烟灰色皮毛，歺立着两只斯芬克斯猫的大耳朵，脑袋上顶着一条亮晃晃的马陆虫，隔着窗玻璃冲陶问夏露出两排尖尖的牙齿，好像那样做就能洗刷掉它出身的疑云。

让猫进到诺亚方舟里来颇费了一番工夫，风大得邪乎，根本打不开门，陶问夏没法下车去帮忙，猫又死活不肯从车头上下来，屈尊挪步窗道。好在街上一辆行驶的车也没有，只要不停在路边，他们大体是安全的。

卡曼终于重新上路，陶问夏运动衣湿透了。她发现自己惹上了麻烦，那只出身可疑的猫在呕吐。这太糟糕了。更糟糕的是，猫的背部塌陷，肚子圆鼓鼓，缩在逼仄的副座下，一副抑郁脸，丝毫不理会冲它大叫的松狮。

陶问夏找出一双手套，试着把可怜的家伙从副座下拽出来。猫没有反抗，只是在她把它抱上副座时有些警惕，试图弹出爪子挠她，她嘘住它。

"我来找熟人，没找到，我也不认识它们，但我们可以客气点，对吧？"她对猫说，然后回头警告松狮，"别冲它叫喊，它被伤害过。"

猫松弛下来。陶问夏捏了捏它身上，几乎没有脂肪，乳头肿大，至少有六周孕期。她把车停下来，脱下干爽的运动裤，把猫裹起来，用两个软枕在副座上做了个临时的窝——分娩还有三周，但不管它孩子的父亲是谁，血缘关系复杂到什么程度，它有资格得到单独的窝。

陶问夏有个条件相当不错的窝，可那个窝不能让她分娩。

问题不在经济危机，也不在邹茂茂。邹茂茂不是陶问夏的第一个，她也不是。邹茂茂之前那些血缘丰富的男人都认为她该有一个窝，他们愿意成为窝的一部分，可是，最终他们都离开了，或者说，她离开了。她不喜欢用朗诵的口气大声说话、在发式和皮带上下足功夫的男人，而且，不是"40岁的女人能够得到真实性爱的概率不到百分之十"，而是女人结束掉的时间提前了，她希望有力而深刻地生活，在日后宣称自己真实地生活过，但不曾做到，至少现在她还没有做到，科技魔兽上足了发条，越往前走路越窄，发展的空间越少，她不敢稍许松懈，害怕一旦松手，面前一片荒芜。

谁想知道那些大树为什么会在大风中倒下？它们是移栽，根系浅，如今还生长在那儿，不过是在等待下一次级别更高的风，它们根本来不及分娩，就被绝育了。

银灰色卡曼停在红荔路和新洲路交叉路口，等待绿灯放行。这个路口的红灯很长，即使此刻只有它一辆，车的主人也习惯地等在那里。

卡曼已经绕着莲花山行驶了一圈，现在，陶问夏要从手机里翻找出流浪猫狗收容站的电话。她很清楚，要是查起来，在成为流浪汉之前，车上这些家伙大都按照《城市养犬管理条例》进行过登记和检疫，取得过合法户籍，但政府可没有为它们安排经济适用房和廉租房，收容站的人会抱歉地告诉她，她应该把它们送到犬类保护协会去。这个她会。她不打算指望谁。她没有打算指望任何人。只是，她不知道流浪狗基地是否还在原来的地方。他们拿不到用地计划，已经搬十次家了。

陶问夏那么想着，风依然刮得紧，赵在风头上把电话打了进来：

"听说了吗？大梅沙的'天长地久石'垮了，两块石头只剩下一块，没有天长地久了！"

赵口气焦虑，透露出一丝抱歉。他们有足够的默契，从不通电话，也不会拿各自失去配偶这件事情来烦对方，但显然有什么事情让他崩溃。那是什么？不过是两块耸立在海边的石头，被风吹垮了，它们怎么啦？男人怎么啦？他们看上去那么优秀，这个世界是他们创造的，诞生和毁灭都因为他们，可他们倒下去也太容易了，根本用不着22号这个级别的台风来帮忙，他们为什么不爬起来，要一个劲儿地在风雨中打滚？

"听说，"赵迟疑了一下，"垮掉的石头里露出了砖头，就是说，它是假的。"

原来这样。陶问夏完全说不出话。她越来越说不清楚，她到底在意什么，是离开的那些人，还是他们留在某些皮制或者棉制品中的灵魂？

她挂断了电话。

红灯依然亮着，和热带气旋一样执着。天气好的时候，路过这一带，能闻到公园里飘来花草芬芳，这个时候应该是桂花开的季节，桂香让人心情舒畅，要是晚上，还能听见山上牛蛙愉快的叫声。

陶问夏觉得，这真是一个奇怪的世界，人们从内地来到这里，把自己变成南方人，再变成国际人，最终能变成什么，谁也不知道。其他族群的生命也一样，在代季遗传中，把自己变成黑眼睛尖嘴烟灰色皮毛孓立着两只大耳朵的杂种移民，分辨不出谱系。是不是人们都变了,这个世界只剩下她一个人,她还得循规蹈矩,守住血缘,等待红灯?

那么想过,陶问夏快速做了决定,回到家,她就找只包装袋,把那双男式皮拖鞋装进袋里,丢进垃圾收纳桶。不过,她现在还不打算去做这件事,她先得把车上这些家伙送到该去的地方,安顿好,为自己弄杯热水,一口一口喝掉,让自己缓过劲来。

红灯闪动几下,终于换成绿灯。

陶问夏没有动,让卡曼停在那儿,享受着绿色的清凉之意。她看见一样闪着金属光泽的黑色物体掠过马路飞了过去。是一只鸟儿。不可能,但只能是。她看不清是哪种鸟,甚至看不清它伸展开的翅膀,实际上它像弹丸一般眨眼消失在怒号的狂风中。谁叫她是工科博士!她在脑子里快速复盘出那个小家伙努力平衡着身体,奇怪地抻长脖颈向前飞去的轮廓。

不是她一个人在风中。

这场风不独属她,但风中的生命是同类。

没人喜欢台风,它会把一切吹走,什么也不留下。可是,所有曾经存在过的,那些快乐和痛苦的日子,还有连接它们的某个拐角处,以及在那儿现身的生命,比如从新洲路转向莲花路的拐角,那只可能连翅膀都没能抻开却飞行在暴风中的鸟儿,它们就像伙伴一直伴随着她,让她欣慰,她应该谢谢它们在那儿,没有走开。

她记得邹茂茂有一件"自由兵幽灵"战术雨披,一双深色工装靴,在他的徒步行囊里,他没有带走,她可以穿上它们,返回来,去莲花山上救那几个熟人。也许它们正打算逃亡,却找不到人营救;她只要避开狂风中摇摇欲坠的大树,看仔细,它们躲在雨林溪谷还是漾日湖畔,最好不是风筝广场,那里了无遮拦,有一些不管用的簕杜鹃,风会把它们吹得满地打滚,也不是桃树林和风铃木林,作祟的树木会吓坏它们。也许它们可以去山顶广场,那里有一尊七吨重的铜像,铜像的主人经历过暴风骤雨,见多识广,他会告诉它们怎么韬光养晦,从头来过,何况,几十年前,人们想放弃的时候,他曾经隐晦地提到过它们;这样,她去那里就很容易找到它们,把它们带离大洪水,她也一起离开。

只是,需要风停下来。雨大没什么,风不行,风会搅乱一切。

2018年10月18日
于深圳听云轩

薯莨的秘密
你可能知道

那些模样儿如先知头颅、带着神秘气质的薯莨，它们在传送带上踽踽而行，次第跌落进粉碎机的喇叭口中，被钢刀搅碎，顺着料槽滑入过滤池，沁骨的井水咕噜咕噜涌进池子里，与薯莨碎愉快地交合，沿着乌赭色的竹箩缘泛起粉红色泡沫，鱼眼般的水泡随即破裂，在空气中散发出细碎呢喃。

薯莨真要是先知的头，这会儿它们会怎么想，会有不为人知的念头到处飘逸吗？程子骞闭着眼睛站在过滤槽边想象，嗅觉中慢慢缠绕上酒酿的芬芳，整个人渐趋陶醉。他无声地笑了笑，驱赶开那个怪异的念头，睁开眼睛，视线从堆满薯莨渣的过滤槽旁移开，朝翻腾着一池赤浆的头槽走去。那里，几个刚招进厂的年轻工人搂抱着练漂过的坯绸从库房里出来，秩序井然地送到头槽边。染印师傅阿花带着他的两位徒弟抖开一匹匹坯绸，按编号浸入染槽。程子骞走过去，紧挨着阿花师傅湿透的阔腿裤脚蹲下，看赤色莨汁里，雪白的坯绸像母胎中的婴儿萌样起伏，迅速上色。这只是开始。大棚下递次排开的封水槽中，经过晒莨的坯绸正按照工序依次封莨水，比这更早的坯绸则在巨大的铜锅中惬意地煮着，这样的工序经过多次后才会过河泥。在长达 20 多天的时间里，坯绸经过数十遍过莨、晒莨、封莨、煮绸、过乌和复乌，在氧化中逐渐变色变性，成为真正的莨绸。

程子骞佝偻下身子，从莨水中拉起一角坯绸，感觉着指间的滑腻。天不亮他就测试完了头道莨水指标，和今天要染的纱绸料一一做了核对，确定无误后才放了工序，此时，坯绸饱吸了富含胶质的莨汁，正处于呼吸阶段。程子骞把沉重的湿坯绸牵扯到耳边，嘴角下意识咧开一道缝，屏住气息，聆听它的呼吸声，却听见晒莨厂西北边那栋米黄色二层楼宿舍里传来朱立果咯咯的笑声。那样嚣张的笑，声音大到别说坯绸的呼吸声，连薯莨搅碎机的轰鸣都没能遮掩住它：

她不是走101韩团吗？满世界说她家爱豆花路宽，没两天就脱饭改归天朝了？怎么，接不到通告在家抠脚呢吧，还是接了惊天大毒饼？早糊穿地心了，她不知道？

晒莨厂建在郊区河流入海口，每年开工八九个月，是程子骞忙碌的时候，最热和最冷的三四个月休场，厂里忙些莨绸出库、坯绸入库、设备维护、备薯莨料的活。休场时程子骞轮休，少半时间回市里公司做方案，多半时间跟着营销经理满世界跑，直到下个晒莨季返回厂里。今年不同，新冠疫情凶狠，政府要求停工封厂，大家都关在家里吃虾酱泡饭，晒莨季过去两个月才解禁复工。一开始大伙儿慌里慌张，一批马来西亚订单出了问题——天气预报说持续大晴天，结果却连下了几场暴雨，两个师傅几个月没领到薪水，闹待遇，交接环节出了问题，那批纬编莨布没有及时下锅煮，上色不匀，损失惨重。程子骞后悔不迭，他决定接下来就待在厂里，若非雨天歇晒，不再回市区公寓。朱立果不干了，她倒不认为程子骞是伪装学渣的学霸，戏精上身，要做将功补过的好员工，可头两个月她被疫情吓坏了，虽说这会儿小区解封了，病毒突然杀回马枪也不是没有可能，几个月时间捞不上程子骞，她铁定出问题。反正晒莨厂也不是什么魍魉出没的坟场，这里风光优美，空气中野蜂仙蝶狂吐蜜香，耳旁海涛声和乱风打架，厂里的伙食由客家林姨置办，赛过"顺德佬"的大厨，只要有路由器和辣条，耽误不了音乐剧、霍格沃茨和凹凸大赛，她必须和程子骞待在一起，所以她也搬来晒莨厂，连同她那个咄咄逼人的饭圈社区。

　　程子骞是染整工程师，的确是学霸。中学时一个偶然机会，程子骞在母亲的一只旧书箱里找到一盘纪录片拷贝，片子的拍摄者是瑞典考古学家约翰·安特森，拍摄时间是 20 世纪初，地点在中国北方乡村，主角是一位年轻的染布人。染布人面目清秀，头上戴着瓜皮帽，穿一件草青色长褂，摇着拨浪鼓，赶着小毛驴，毛驴背上驮着一摞染好的布捆，走村串乡送布接布。每进一个村子，村里的大婶大嫂就把年轻的染布人团团围住，染布人稔熟地从布捆里翻出布印子，一块块对好交给货主，再接过送染的坯布，铜帽中拔出锯短的关东辽毫，舌头舔湿布印，工工整整记下颜色花样和主人姓名，收进布捆中带回染房。那些染得的布，颜色图案各异，远天似的毛蓝、寂夜似的藏青、窗霜似的水花、发呆的小鸟和张扬的花卉，给程子骞留下深刻印象。他回头去图书馆找来清人编纂的《职方集》和《吴邑志》，读到灰缬法和药斑术，又在沈从文的《中国古代服饰研究》中读到染缬法，为之深深着迷。他说不清是不是因为那些奇异的布匹和图案，促使他最终选择了染整专业。

进了校园后，和臣服于科技万能术的同学们不一样，程子骞对全球张恣的染整工艺学新技艺有一种隐隐的间离心，大四实习时，同学们争着去"广丝"和"福田"这样的超级企业，程子骞却一个人跑去北方乡下，寻找失落的民间染技。当他背着行囊，满脸灰尘、满身汗渍走进一个荒弃的大院，看到冷落经年的染灶、担缸板、碾布石、卷布轴和麻花板时，他有一种找到亲人遗物的委屈感，站在院子里，眼眶湿润。

大学毕业后，学业优异的程子骞轻松地在"广丝"找到一份工作。接下来，他全部的世界都被锁定在一套由电脑控制的浸轧、汽蒸、水洗、烘干的联合机械上，未来的一切都能看到结果。他觉得自己只是假装正经的傀儡，要终其一生来完成日臻熟练的表演。一年后，他离开"广丝"，转到以新派著称的"德永佳"，可这并没有让他的生活得以改变，他越来越不适应高速发展的染织业，怀疑当初选错了专业。直到一次公司团建，他和同事去了湖南省博物馆，同伴们簇拥在远处，听导游介绍T形帛画和唐摹《兰亭序》，他独自一人踱到马王堆汉墓展区，去看奇妙到没来由的素纱蝉衣。一扭头，在一大堆丝织物中，几片茱萸纹绣样的苎麻染布映入眼帘。说明书上说，那叫夏布，用中国草苎麻染整成。程子骞嘴巴微张着，人杵在那里，完全被两千年前的几片残布震撼了。

当天晚上，程子骞做了一个梦，他在梦中带着一群光着瘦骨嶙峋身子、拒绝穿上衣裳的老人在地里收割齐人高的苎麻，用牛车运回村里，浸剥、漂洗、绩纱、成线、绞团、梳麻、上浆和纺织，植物的秘密一点点解析。那个梦的最后，程子骞从机杼上剪下一片布头，举到月光下看，月光一点点破译出布头，程子骞渐渐看明白了：他拇指和食指间捻着的，竟然是血肉鲜活的他自己！

从长沙回来后，程子骞辞掉了"德永佳"的工作，背着行李来到南海边，找到这家名不见经传的莨染厂。厂子属于一家私人投资公司，股东是几个家族兄弟，早期承包高速公路工程，接着做环保产业，以后转做私募和风投，3年前收购了这家濒临倒闭的莨染厂，不为赚钱，只为营造周边环境，借传统手艺名头用用，和做高档会所是一个目的。

朱立果和程子骞不同，她是本地葵涌人，是那种读书时总翘课，吃喝整蛊一样不落，成绩却好到让人痛恨的学痞。朱立果读的是艺术设计专业，大三那年玩累了，人空虚到大把掉头发，于是休学做了一年驴友，以后索性退学，回到海边家中做了画手，很快又不耐烦，退出画手赛道，改做同人，写对话体小说。作为新晋写手，朱立果路人缘却极好，每次内容更新都有奇高的转发量。程子骞看过让朱立果爆红的《小东西》，故事讲的是变性人 Carina 和变性犬 Amy 的诡异遭遇，主仆俩意外感染上外星球病毒，失去视力，也获得了心灵感应能力；接下来俩人的恋人（犬）和亲人（犬）一个接一个被感染，人们因为拥有了心灵感应能力，突然获知大量他人的秘密，却又无法接受那些秘密，开始疯狂地相互残杀；Carina 和 Amy 噩梦连连，主仆俩决心销蚀自己的肉体，切断感染源头，阻止罪恶蔓延，化身于无形的意识，在另外一个世界里与恋人和亲人重构生命关系。

读完《小东西》，程子骞差点没笑喷，心想能不能再幼稚一点。可正是这个幼稚的创意，被一家荣耀级游戏公司买断 IP，开发成游戏，朱立果旋即成为同人圈爆款野生先知，不但收入可观，个人社交账号快速涨粉几百万，圈里扬头进出，日子过得相当滋润。一家嗑 CP 的 Sunflower 饭圈盯上了朱立果，极力邀请她担任驻圈话术指导，教粉丝们写如何舔爱豆的文章、写控评、带路偶像评论、做轮博、搏数据。朱立果是当红写手，自带话题，用不着给自己加戏蹭流量，可她也不走孤独美学路线，爽快地答应下来。问题是，她天生人来疯，组织能力一流，因为她的加盟，Sunflower饭圈很快化腐朽为神奇，成为圈中的神级CP。

朱立果是凭着嗅觉盯上程子骞，并且吃定他的。那是一年半前，华侨城创业园一个修图控集会上，朱立果和闺密讨论《阴阳师》的话题，说急了眼，因而早早离开会场，和闺密到马路边捉对儿厮杀。程子骞蓬松的头发耷拉一绺在茫然的额前，双手抄在宽大的休闲裤兜里，埋头从她们身边走过。擦肩而过时，朱立果瞬间感到头晕目眩，轻微中毒那种。那几天朱立果痛经，欲死不得，只觉得有人朝她吹了口气，拽死腰腹打秋千的恶魔撒手逃掉，人顿时轻松得想飞。她乍立腰背，鼻翼快速翕合两下，扭头寻找，只见一片没有重量的散尾葵叶……不，一位面目清瘦的小哥正飘然穿过马路。朱立果撇下同伴拔腿追上去，毫不客气地在马路当中拽住程子骞的胳膊，拉人转身，指尖快速勾住领口，将他带离马路。程子骞被倏忽一带，腰间失度，踉跄两步，撞在一对尖锐的胸脯上。事后他回忆，即使隔着一层卡玛牌纯棉，也能强烈感受到对方身体中散发出的征服力量。但那一刻，程子骞完全没有反应过来，在马路边重新站稳的朱立果稍稍踮脚仰脸，像一条能从两英里外闻到一滴血气味的白鲨，绕着程子骞的脖颈嗅了一圈，两人的关系测定就此完成。

没有人觉得嗅觉参与情感游戏有什么不对，鼹鼠就是这方面的高手，它们依靠气味、指纹寻找的目标不只是食物，还有配偶。事实上，程子骞也有同样的天赋，厂里验收薯莨料，他会坚持气味信息的元素，以此辨识薯莨的等级，让不少薯莨供应商私底下咬牙切齿。只是，关于异性引诱腺品质的实践课，程子骞是在和朱立果好上之后才修得正果，由此他采取了求证方式——用固相微萃取法提取出薯莨的挥发性成分，经气相色谱-质谱分析，为特级薯莨定出48种气味成分，再用TIC峰面积归一法测定出含量，论文发表在《染整技术》杂志上，到底没有辱没学霸的英名。可是，让程子骞失措的是，自从和他好上，朱立果见异思迁，很快否定了气味介质论。她拿程子骞当摇窝，把他推到地上铺平，按瑜伽单盘姿势一个动作一个动作整理好他，然后舒服地躺进他腿弯里，舔着嘴唇告诉他，治愈痛经的气味倒在其次，他真正的优点是皮肤古朴滑腻，好比一款不易融化、富含单宁酸和胶质的鞣制品，是高级莨绸的顶配，和他纠缠日久，能大大磨炼和强化她的战斗韧性。为了证明她的判断，她仰起头来眼神失焦地盯着程子骞的半边脸，好像有点担心他从高级莨绸变回人形去。话程子骞当然听懂了，他认真想自己皮肤的成分，想是不是要为另一篇论文的技术求证做准备。朱立果等不及程子骞的思考结果,她是公共话语领域的驰骋者,很快把自己的发现发布到闺密群中,扬言程子骞身上藏着薯莨的秘密。被蜜糖般的俗世生活和不可信任的远方折腾得身心分裂的闺密们心知肚明地笑,都认为朱立果说得对,程子骞整天光着身子在晒莨厂里走来走去,和性感的南方骄阳亲热,晒出矿石黑皮肤。若把人捉住,挑一把上好的刀子对半切开,铁定是赤色内瓤,怎么不是薯莨?可那又怎么样,难道凡赤色内瓤的东西就有助于现代女性摆脱贪恋嗔痴,建立圆融淡定的智慧人生,重塑左右不成的价值体系?

  朱立果说程子骞身上藏着薯莨的秘密,不是随便说说,两人交欢时,她完全不管程子骞怎么想,深潜进他怀里,手忙脚乱往他骨肉里钻,非要进入他瘦削的身体看看里面藏着什么。程子骞被撕扯得痛彻入骨,汗水流淌一背,却怎么也做不到让身体如水敞开。如此路径,显然有什么不对,朱立果几近崩溃,大哭不已。程子骞感到强烈的挫败,他确定问题不在他这里,他不是一枚开合自如的贝壳,不应该承担责任,可朱立果也不是耽美,她幼虫般冒失的诉求背后隐藏着某种异途秘密。程子骞无从了解,他被满脑子的困惑锁住,一时半会儿找不到交涉的契机。

  程子骞从宿舍那边收回视线,发现手中还捏着湿漉漉的坯绸，它在初染中有些谨慎，经阿花师傅宠溺的拍打，试探地沤饮着水分，像某个不期然获知了秘密的少年羞红了脸。程子骞将手中的坯绸小心地送回头槽，起身朝第二个水槽走去。他听见宿舍那边，朱立果的喊叫声继续传来，频率极快，似两只撞击着的柴窑匀瓷，完全听不出交流成分，只有输出与征服："白嫖是吧？嗑药了吧她？告诉她我家不拖飞机她抢不了C位……不不，他你别伤，他俩是真爱孽缘，没见我家哥哥看他时那副痴汉脸，他俩血红那次我觉得我要死了……"

自从加盟Sunflower饭圈后，朱立果秒变泥塑达人，公开场合称Sunflower"我家哥哥"，私底下则换成"我女票"，听上去那位Sunflower就像一件观念装置作品，全看组装者当天嗑了什么药，神经如何分裂幻象。程子骞大体知道他自己、朱立果和Sunflower之间的关系，他倒没有觉得朱立果有个女化PC有什么不好——朱立果对人生不设限制，什么事都没有常性，仿佛她另有家园，来错了世界，约束太紧的地球并不存在她要寻找的真实人生，因为不适有些害怕，这才不得方法地往他身体里钻，想通过某个特殊通道前往她的应许之地。这样的朱立果别人帮不了，终归要她自己理清线头，好比染整技术，是丝是麻她得在自己的生命数据库里找，只要别最终找不到自己，哪天一脸蒙圈地跑来问他，我是谁？他会由着她。

检查完浸莨工序,程子骞身上全湿了。他看见阿瓜师傅推着绞净的薯莨渣去渣山那边,小车翻倒,薯莨渣撒了一路。他连忙离开浸莨大棚,过去帮忙。

公司收购晒莨厂时,厂里的老人走了一多半,管理混乱,粤、桂、浙、湘的薯莨料来什么用什么。程子骞进公司后,坚持非广东绿步和广西龙州的料不用。新厂长是从别处挖来的,和程子骞一块儿进的公司,懂这个,立马采纳。程子骞又坚持在营销文案中注明薯莨料来源地,这一次公司没依,嫌程子骞矫情,安排人找他谈话,要他把公司管理制度学3遍,做个现代管理制度下的好员工。后来有位祖籍赣州的巴西客商知道了公司莨料的来路,要求提供莨料的分析文件,同时视频验现货,确定自己订单用的是绿步薯莨,与公司签下长期合同。公司没想到业务增长点居然来自两个汉语方块字,于是对程子骞刮目相看,觉得当初招下这位惜言如金的年轻工程师真是没走眼,以后就在营销文案中,把"绿步"和"龙州"两个原料地名印得大大的。

程子骞帮助阿瓜师傅顺好车,清除完莨渣,去水闸边洗过手,向远处晒莨场走去。路过过乌棚时,他停下来朝棚子里看了一眼。棚子里黑乎乎的,弥漫出磷氮物质的浓烈气味。凌晨两点多他起来过一次,那会儿阿灯师傅正带着几个徒弟忙碌着,快速而匀称地往晒过多遍的坯布上刷河泥,过了乌的坯布会被提去晾在砂石地上,等太阳出来之前,再把过乌绸拖到河里去洗掉河泥。这道工艺需要在黑暗中进行,不能见光。在有机酶的帮助下,河泥中丰富的矿物质会与丝绸产生奇妙的交合,让莨绸拥有其他纺织品不具备的特性。程子骞喜欢看洗乌工序,师傅们浸在半人高的河水中,大呼小叫,有力地挥动胳膊洗绸,搅起一片黑水,那架势,活像一群从伶仃洋游到河口来嬉水的野气十足的海豚。

程子骞在过乌棚前蹲下身子,从地上拈起一小块陈旧河泥,指间稍稍用力,感觉到泥粉侵入指纹的细润。他听见宿舍那头的声音高起来,朱立果像遭到攻击的小母貂,尖锐地喊叫着:"啊啊啊啊直接裂了我打死她!想拉踩呢吧就她那猴样,装宝藏她戏精上身啊?不听不听,她狙我口粮,我屠她广场,让她全网黑!"

程子骞听出是怎么回事。几天前,一个叫Jill的饭圈发布自家偶像爆款通告,Sunflower饭圈有人跑去强行安利,盗用人家的应援口号刷自家偶像,双方因此闹出口水。朱立果和Jill饭圈一位职粉签在同一家公司,两人出面协调,Sunflower粉丝道歉退出,Jill不再追究。本来没什么,谁知昨天上午,那位Jill职粉在微博里叽叽歪歪,说朱立果过气胡萝卜不温不火,想带节奏做回锅肉重新出道。这话惹恼了朱立果。朱立果不是玻璃心,却不吃锅气,立刻骂回去,对方意在搏位,等的就是这个,骂得更来劲,两边粉丝护着自家掌门的,双方战成一团，很快捎上了双方圈里的真身。照此看，事态变得严重了，说不定双方真酿成一场街战，朱立果正忙着战斗呢。

程子骞绕过过乌棚，朝备整库房走去。今年火灾虫灾水灾加病毒，整个地球和人都不对。疫情解禁第二天程子骞赶到厂里，忐忑不安地卸锁查看坯布，看到白到虚弱的坯布一匹匹毫无精神地躺在木架上发呆，他眼圈红了。好在疫情控制住了，有几个不成样子的台风也都去了其他方向，本地雨水不密，天晴得讨喜，适合抢晒。程子骞今天的工作量满，重点是抢染一批电力纺真丝细花绸。真丝绸缎面料光洁，条分细，结构密，染莨时极易出现掺染，导致日后脱莨，传统晒莨工艺一直没有处理好这个难题。程子骞使用的是静电工艺加强莨汁渗透和附着力，因为没有保全莨绸全尊，他深感羞愧，今天他要全程陪护这批受了委屈的坯绸。

今天还有一批欧洲订单的莨绸要出库。照说事情不归程子骞管，这批货去年底就完成了磨砂工序，对方催着提单，程子骞听说货是北欧某王室采购的，顺手查了一下，发现中介是位丹麦华裔，欺负客户不懂行，多次侵害客户利益，而这批货按合同要到今年2月份才清单。程子骞不是莨绸的使用者，能做的只是尽可能送莨绸走好最后一程。于是他说服公司延期交货，不支持不良商的投机习惯。公司靠代理吃饭，没有采纳程子骞的建议。程子骞也不争辩，在他的权限内加了一道窖藏酵化工序。谁知这一加就遇上了疫情，货一时发不出去，幸亏对方没有要求退合同，否则公司的损失就大了。

另外，公司在准备米兰展，涉及几款新推出的彩绘莨丝绸。之前程子骞拿到生产单，就觉得前卫风格设计不对路，询问公司。公司解释，疫情对VC、PE行业冲击大，好几个项目面临崩盘，公司不能坐以待毙，决定突围，花大价钱请来金梭奖设计师，要的就是标新立异，设计方面的事不用怀疑。程子骞据理力争，申明金梭奖设计师不是世卫组织专员，贵为卡尔文·克莱恩和三宅一生也未必熟悉神秘的莨绸，加利亚诺理念并不能发挥莨绸的特长，大比差用色反而会让莨绸独有的褶痕出现暗脏效果，冲击两大，不能让莨绸莫名背上新冠的蓝色棘突。公司脑子坏了，听不进去，要程子骞管好染整环节，别的不用操心。结果，第一批面料小样晒出，程子骞就知道砸了，米兰方面代理商收到小样后果然表示不满意，要求提供新的小样，并且修改合同，介入方案设计。

那天朱立果刚搬进厂里，程子骞和厂长在办公室和公司方面开视频会，朱立果从楼上宿舍晃悠下来，两条细瘦的光腿套在肥大的拼接系七分裤里，嘴里吧嗒吧嗒嚼着牛板筋，听见程子骞说话，探头朝办公室里看了一眼。就那一眼，改变世界的革命到来了："不是我故意当视奸啊,笑死我了这狗屁画手,能不能脑子打开晒晒太阳啊?小众文化只配圈地自萌没人想知道好吗,达·芬奇的米兰耶,人家本尊在米兰当过军事工程师,你外链网站做营销号想去逗他发笑未必?"

公司营销副总在屏幕上呛住发言,程子骞和厂长吃惊地回头看朱立果,没人听懂她在说什么。朱立果像被人当场逮住的偷吃鬼,嘴角涂着长长两道猩红的辣色,见云上线下一众人看她,立刻把悬在额头上的口罩拉下来戴好,一缩脖子溜掉了。

用不着吩咐,来劲的朱立果主动抢了米兰展面料的概念设计活,嚷嚷着说她来做。没人当真,不说她与面料设计隔着一个大学肄业,就算真的拿到毕业证,她学的专业离莨绸十万八千里,根本不对路子。朱立果装神弄鬼地熬了几夜,那天晚上,程子骞裹着毛巾从浴室出来,见她像条慵懒的八爪鱼,身体摊开,舒服地趴在电脑桌上给某个爱豆打电话:"不管不管多担你就多担,我当我的逆苏粉我就精分了怎么着吧,就想你投入我怀里打着哈欠看你撒娇……"

电话切静音,头一扭,原地换一面脸贴在桌上,身体仍四张八抻地挂在桌角,对另一只话筒那边的客服讲电话:"不好意思我不想误伤谁,只不过之前冲动消费现在要及时止损和你家沟通退款。别拦我,不是举报这种产品用不惯没有必要你说对呢吧?"

程子骞朝朱立果挑染了一绺紫罗兰色的露耳发脑袋旁亮着的电脑屏投去一瞥，屏幕上滚动着一连串峨眉佛光概念图，大块的七色光与不规整的幻景相映成趣，程子骞眼前一亮，立刻判断，朱立果找到了莨绸神秘感和市场亲和力的神妙关系，屠了公司用大价钱请来的设计师。

上司收到程子骞转来的概念图，没看出什么道道，转给米兰方面的代理。代理那天在拿破仑大街参加一场品牌发布会，会刚开就被冲进来的宪兵搅和了，刚回家就有点拉肚子，正怀疑是发布会上的调味饭惹的祸，还是真染上了新冠，人蹲在马桶上思忖要不要打118，顺手刷开平板看了一眼，兴奋得一跃而起，差点没被褪到脚弯的裤子绊个当场脑梗死。

这个结果程子骞预料到了。朱立果在自家饭圈有着无上尊位，大家供着她，可她呢，既不守爱豆营销，也不去前线打杂，从来不干买周边、租广告位、做公益和投票的粗活，可是，憋不住她兴趣广泛，人生中基本没有本命，见什么喜欢什么，老干爬墙的勾当，毫无忠贞二字可言，只要她盯上的事情，行不行她都要插上一手，而且不得不说，她就是上天派来给人间添事的，插手的事一般都有大动静。

朱立果是那种既有料又有趣，让人很愿意一辈子和她纠缠下去的人，有充分理由不活在吃腿肉的世界里。可是，接下来，程子骞的灾难就到来了。公司追着和朱立果签合同，要程子骞尽快催女友完成定稿，朱立果却像忘了这件事，整天锁着眉头更新一部女性瘾者的同人文，不搭理程子骞。她不光忙创作，还新接了两个活，替漫威变种人社区写故事，替一个追番圈筹备网课。程子骞问紧了，她就抱怨自己的illustrator和CorelDRAW不好用，要换韩版Ja－CAD软件，一会儿又甩锅磁性底座、格子网、柔性线和涂色笔有问题，总之理由充分。程子骞花光当月薪水，默默地替朱立果下载了正版软件，购齐全套新工具，助燃的泰国红牛和菠啤码在电脑台下，助理工作做到了家。朱立果又嫌程子骞催命鬼变种职操警察，存心害死自己，抓过耳塞堵牢听道，程子骞站在面前她浑当没看见。程子骞静静地观察朱立果，心想，世界这么大，讲道理的缘分并不容易遇上，自己迷恋唯一存世的纯植物和矿物染，宁愿与那些美丽的织物一同在岁月悠长的储藏中慢慢发酵，分明不属于苟且之人，怎么就会喜欢上一天八变的朱立果？

太阳快当顶了，程子骞来到晒场上。晒场是斑斓的世界，刚刚出槽的茛绸一匹匹铺在草地上，在碎玻璃似的光照下，像一条条粉红色的溪流，间或有先下染的茛绸浓淡不一，让晒场变得异常活泼。晒场又是个巨大的演出季舞台，师傅们顶着烈日在晒场上忙碌不停：抻布的猿臂掠空，抖出长长的绸浪；踢杆的腿脚翻飞，数丈长的竹竿凌空腾挪；收绸的手如机梭，二三十米长的坯绸眨眼间整齐地折叠进怀里。晒莨厂是男人的天下，晒莨季气温多在三四十摄氏度，阳光直曝，师傅们不穿上衣，光着油光铜亮的上身劳作。几十年前有过一些行业忌讳，慢慢地都让科学消除了，主要晒莨是力气活——半夜里过乌，天不亮洗泥，雾散尽前练漂，煮坯洗泥都是重活，太阳一出晒场就空不下来，坯绸要不断被莨水，每隔十来分钟完成一次晾晒，坯绸边晒边收。如此往复，一天十来个小时下来，累得脱层皮，除了煮饭烧菜，其他活女人干不了。

程子骞熟练地马步式跳跃，赤脚在莨布间移动，观察莨布上色情况。莨绸大多水分渐去，在风中微微翕动，呼吸声此起彼伏。几个师傅抱着莨水壶，转着90度圈快速往坯绸上洒莨水，用葵叶蘸着莨水补匀。莨水溅到程子骞的小腿上，痒酥酥的。暖烘烘的风从海上过来，华丽地攀上护坡，器宇轩昂地蹚过草地。

程子骞来到晒场边，在一批莨布前蹲下身子，用指尖试了试潮湿的绸匹。这是一批彩绘绸，过染了20多次，随着日光反复曝晒，坯布中莨水的单宁物质逐渐随水分蒸发，由童稚长成青年，做好了同河泥中矿物质交合的准备，可以过乌了。

午饭时，朱立果没有下楼吃饭。程子骞盘算了一下，不算朱立果耽搁的米兰展的事，今天他能把计划里的事情处理完。他找林姨要了一份蒜蓉紫背菜、一份虾仁炒凉瓜、一盅无花果炖猪䐸汤、半只隔水蒸紫薯，给朱立果端上楼。一进门，见朱立果蓬头垢面，脸几乎贴到了电脑屏幕上，正声嘶力竭地杀得腥风血雨："人家打的是吉哈德要上垒屠了咱们好吧，你拖莱辛出来打手枪有屁用！赶紧组织街垒让人上去打Call，叫几个码字利索的去哥哥微博下控住别被人家骂得太惨……"

程子骞在一旁看了一会儿，看出来了。

上午双方骂战时，Sunflower饭圈一位生活在巴黎的粉丝自作聪明打出七月革命旗帜，上传了德拉克罗瓦那幅《自由引导人民》，画中女战士莱辛修成朱立果的瘦削脸，三色旗修成Sunflower招贴，画一贴出，Sunflower饭圈的粉丝轰地激动起来，也是在家里关了几个月，关出了深深的焦虑和愤怒，粉丝们根本不用朱立果开课，纷纷开启举报模式，把Jill涉及违禁的材料投诉给网管部门，两个小时前，Jill的域名惨遭网管部门封禁。Jill被墙，丢了家园，哀声一片，恶自胆边生，开始散兵线报复性反击，进入Sunflower饭圈街战。本来和其他人不相干，可事情涉及举报炸网站，相当于把人家从安全的家里赶到毫无防御条件的大街上，让人家暴露在肆虐的病毒下，等于是法西斯灭族，一下子惹出同人圈众怒，几十家饭圈纷纷路人转黑，蜂拥而至，加入狂暴砍杀Sunflower饭圈的战斗，而且直接把矛头指向Sunflower正主。这不是朱立果要的结果，大家都是本命魔咒，禁了足，封了嘴，亲人不能相见，肉身苟且，亏得有互联网逃生舱，大家得以灵魂幸存，吵架只当游戏。她最恨玩举报工具这种事，可人不是一个灵感妈生的，自家粉丝脆弱，get不到共同家园恐惧，豆瓣八组的长篇分析也没有用，天国瓦解，世界分裂。朱立果只能抖擞精神组织抵抗，一项项布置任务："谁都不许打瞌睡，先洗广场、保商务、护评论、降热搜，打分APP和剧的事先放下，花絮里的糖留着不会跑，守住官宣，不要在评论区吵，点赞自家就好，把哥哥大名热搜降下来，不要再上药，不然真的控不住了！"

看来无论有没有喜欢的凉瓜和紫背菜，朱立果都不会吃午饭了。程子骞静悄悄退出宿舍，掩上门，下了楼，说声对唔住，食物原封不动送回给林姨，去了贮料库。

程子骞有个习惯，没事时喜欢安静地和薯莨待一会儿。薯莨有不少朴素的别名，赭魁、茹榔、红药子、山猪薯，其中一个叫孩儿血，中医叫血母，指母亲孕育胎儿的器官。程子骞不知道自己出生前的事情，他有个叫七宝的小学同学知道。七宝学习成绩差，不受老师和同学待见，和程子骞却是好朋友。只有程子骞知道，七宝是因为时常做噩梦，学习成绩才差的。七宝把噩梦当作童年友谊的礼物讲给程子骞听,在那些梦中,七宝生活在北方边疆一座冰天雪地的小镇上,和几个小伙伴做着一些古灵精怪的事情。程子骞很羡慕七宝的梦,他也想拥有几个禀性奇异的伙伴,和他们一起做匪夷所思的事情,可是,他没有做噩梦的能力,为此他沮丧了很长一段时间。七宝的父母知道儿子的噩梦,他们是江南人,从未在北方生活过,对儿子的梦自然不放在心上。后来老师不断约谈,指责大人不关心孩子的学习成绩,父母才带七宝去看了精神科医生。七宝生产顺利,十二对脑神经发育正常,颅脑从未受到过损伤,医生解释不了他的情况,建议七宝父母带孩子去他梦中的边疆小镇看看。结果一去,七宝父母吓坏了——七宝径直带父母去见了他噩梦中的小伙伴,他们都在,只是年龄比七宝大不少,个个七老八十。据他们回忆,七宝提到的那些事情,他们确实经历过。

小学毕业后,程子骞再也没有见过七宝。程子骞3岁以后也没有见过自己的父亲。他3岁时父亲离开了家,他是母亲养大的。母亲告诉他,父亲在完成一项国家交代的重要任务,不能回家。七宝同学给程子骞讲噩梦那几年,程子骞每个月都能收到一封父亲从不同地方寄给他的信。父亲要儿子好好学习,听妈妈的话,别惹妈妈伤心。程子骞12岁时,母亲带一位叔叔回家,叔叔对程子骞很亲切,还给他系鞋带。没多久,叔叔就带着一只大大的工具箱住进家里,把家里从里到外修整如新,家里顿时变了样,电灯明亮,水龙头不再滴漏,门不再发出吱呀声。母亲做什么事都征求叔叔的意见,还给他织毛衣。叔叔很能干,不光兴致勃勃地做母亲喜欢的老八样本帮菜,还耐心地教程子骞怎么写作文。正是他手把手教程子骞如何审题、立意时的笔迹,暴露了父亲来信这件事情的真相。母亲流着泪承认,父亲的信是叔叔写的,托单位出差的人从外地寄回来。让她庆幸的是,程子骞并没有为此大吵大闹,非常安静地接受了父亲就此从他的生活中彻底消失这个现实。

母亲是医生,敬职敬业。有一次,她用冰桶从医院提回一样东西,在厨房里炖了,端进卧室,让刚刚下班回家的叔叔吃掉。母亲做这件事情时,全程偷偷摸摸,厨房门关着,卧室门也关着,像是在做见不得人的事情。长大以后程子骞才知道,母亲让叔叔吃掉的那个东西,中医叫血母。

冬春禁足那几个月朱立果十分焦虑,有一天她突然问程子骞,想不想和她生个孩子。话问得突然,程子骞没有明白意思,安静地等朱立果把后面的话说出来。朱立果的意思是,地球就要毁灭了,要是不甘就得生孩子,生出来送到开普勒-438b或者62e行星上存着。可结婚这件事情代言体系过于复杂,她只想玩自家产品，生个女孩，自己生，她死了女孩还活在这个废墟上，她则在自己的茧房里获得永生。如果程子骞境界同趋，她会考虑接受他献精。

这件事情最终没有结果。一方面，朱立果断定程子骞不属于暹罗、爪哇、苏门答腊之类的不征诸夷，不会吃册封、羁縻和朝贡那一套，也就免了对他使用威逼利诱的手段；另一方面，她的焦虑很快找到了宣泄处——她决定战胜病毒，逆转时间洪流造成的灾难，让死去的人们复生，于是迷上了黑暗组织，为自己设计了一袭"如乌鸦般漆黑"的惊艳战袍，还给自己起了个特别俗气的鸡尾酒名字：Black Bitch。对于既是上帝也是魔鬼组织的一员，她完全没有耐心接受寿命过于短暂的朝贡品。

程子骞在莨料库里坐着，仓房里的空气比边检关口的空气安全百倍，他心无旁骛地扩张开肺，静静地呼吸了一阵，然后心满意足地出门，去隔壁出料车间。下午大半时间他都待在出料车间检查出品。经过最后摊雾、拉幅和整装的面料会很快送去市里，对小样进行耐皂洗、摩擦、氯水、漂色、干洗、海水、唾液和实际洗色牢度标准检验，然后打单入库储藏，这是他和它们一一告别的时候。

程子骞越来越喜欢他的工作。晒莨不像机器染整，出活率极低，每段莨料都是天赋生命，没有一匹是相同的熟脸，甚至同一匹面料的不同幅段也姿色各异，独一无二。晒莨环节，人和莨坯相处的时间短则20天，长则两三个月，莨料成活时间则各有不同，市面上大多是速成莨料。真正的上等莨绸不一样，那是慢活，还要加上磨砂和长时间的储藏发酵，人与面料厮守的时间，超过人类靠苯基乙胺、多巴胺、内啡肽、去甲肾上腺素和后叶加压素/脑下垂体后叶荷尔蒙支持的恋爱保鲜期。朱立果认为，像程子骞这种身板弱到让人疼惜的男子，却有着强悍的意志力，和人交流时眼神直给，从不躲闪，不撒娇，不说我不行，你可以把这叫态度；譬如染整，有着一套反复水洗和烘干过程，对水质的要求非常高，热能消耗大，程子骞在其中浸染得太久，自然少了一股戾气，多了一份清凉。这样的程子骞无须保鲜，需要逆研究。这项工序，最好由兴致满满的她通过持续的勘探来完成。至于程子骞言语少，不爱说话，朱立果经过一年半时间的认证后得出结论，那是因为他是蚕丝、毛织和针织物的天配，它们极易变形，这有点像她，他能够减少张力，管控住具有极大破坏力的语言，不然她就变形给他看。

这本来没什么，但话到了朱立果嘴里就变了味道。有天晚上，朱立果和程子骞在晒场草地上起腻，要程子骞在月光下盘腿坐好，她坐进程子骞腿弯里，捧着他的脸夸张地对他说，知道我有多狗你，你不说话的时候就像月光，冷漠我一脸，酷盖死了。记得有一次我俩吵架，你3天没和我说一句话，我完全受不了这个，真是心空到没着落，只好把你睡了。朱立果说完这话就落泪了，脑袋埋进程子骞怀里，用牙齿咬着程子骞的肩头放声大哭。程子骞盘腿坐在那儿，肩头痛彻入骨，但他没有安抚朱立果，不知如何安慰。他仰头看天上，月亮静静地悬在那儿，也没说话。

从出料车间出来，天色已近黄昏，程子骞去了晒场。落日下，晒场上大多茛料都收进库房了，只剩下摊雾料，工序按行规选择在太阳下山前后几十分钟时间。手里没活的师傅都来到晒场边，勾肩搭背，微笑着看坯绸舒坦地仰躺在草地上，它们静静吸收着傍晚时分青草吐出的露气，一点点软化，最终会在太阳落山后活过来，成为美丽茛绸。程子骞伫立在师傅们当中，身上散发出强烈的阳光味道，赤裸的皮肤与身边人相触，静静地看茛绸羽化。经过两年多打磨，他对茛水、阳光、温度、矿泥、草露、空气和风已经有了相当的心得。他一直在寻找最终的染整之道，那种完全天然的附着力物质和方式。他相信它们存在于这个世界，他会找到它们。

最后一抹晚霞消失在城市的天际线下，程子骞去宿舍楼看了看，知道了情况。在一大拨同仇敌忾的同人圈勇士的攻打下，Sunflower饭圈全面败溃，惨遭屠门。Sunflower经纪公司急了，一度让自己人下场控评，结果引来更多攻击，黑粉仍在源源不断地赶来，经纪公司准备放致歉书，要求饭圈这边配合危机公关，尽快解决毒瘤，保全正主。饭圈粉头——朱立果闺密——哭着喊着和朱立果通视频，表示不得不忍痛切割群体，将事件关键人物朱立果驱逐出社区。朱立果成了路易十六，被推上断头台，傲气的她无法接受这个事实，一气之下删除了自己全部作品和博文，公号和微博头像换成黑色，宣布了自己的"赛博死亡"。

天黑尽，师傅们下班返回镇上，厂里一片寂静。程子骞在林姨留下的食物中弄了个拼盘，端上楼，放在电脑桌上，去楼下卫生间冲过凉，套上干净T恤下了楼。他不会打搅朱立果。朱立果把自己关在楼上卫生间里。她拒绝人心疼。她需要维护自由和放逐的尊严，包括一个人痛哭地待上一段时间，再猛嚼一气辣条，恢复阳气，往生成另外一个让人眼晕的生命。

程子骞穿过夜色中的晒苴厂，沿着小路来到河边，在坡地上坐下。草地一片墨绿，与天空中的繁星相映成趣，河水闪烁着银光流向大海，几只缩着脖子的牛背鹭栖落在河口的蚝田木桩上，天黑前它们吃饱了幼仔鱼，不再理会爬上滩涂上的栉孔扇贝。程子骞能感觉到那些借着夜色爬出泥洞的贝类生命的呼吸，可惜，他不是开合自如的它们，无法对朱立果全然打开，对世界全然打开，因此他的世界很少有人知道——比如少年时期他在母亲箱子中找到的那部纪录片,片子中那个20世纪初中国北方乡村年轻的染布人,他就是程子骞的曾祖父。程子骞对父亲的相貌毫无印象,他猜测父亲应当和曾祖父模样差不多。而且,他不爱说话并非朱立果理解的那么复杂,不过是那部默片中祖父没有留下声音,就像人们在长大以后,发现他们失去了很多东西,是因为他们在基因中没有找到那些内容,他们要么修补基因库,要么重新建立。这个世界正在快速滋生新的语言,同时也在快速萎缩和塌陷,唯其如此,程子骞才愿意像他经手的织品一样,脱离风声雨声拔节声,以寡言少语来保护生命的纯粹;对知道这条路径的人,那些仍然坚守着自然法则的植物染、矿物染、酵化贮藏工序中酿化出的神秘九宫格和奇异卵石花纹,它们不是什么秘密。

脚边的手机此刻播放着一首法文歌曲,程子骞静静聆听:

> 如果他也会想念我该多好
> 只需要一个电话让我明白
> 我不是无缘无故来到这个世界
> 我想告诉他那些童年时光
> 他缺席的每一天我如何度过
> 如何打破密布的沉静
> 我想对远方的他诉说

我是如何独自学会保护自己

就像我无法停止想念他

他能否偶尔也想想我

有一天他托人捎信来告诉我

缺少疼爱不是我的错

我只祈求他让我对他说

我可以思念他那该有多好

我想对他说

除了这点奢求其他一切都好

我什么都不缺

除了缺少一个父亲

……

　　差不多每天晚上,程子骞都会听一遍这首歌。Calogero的轻摇滚和Vox Angeli的天籁之声,这两个版本他都喜欢。在他看来,他和他们的声音全都符合他的心情。

2020年3月30日

于深圳听山室